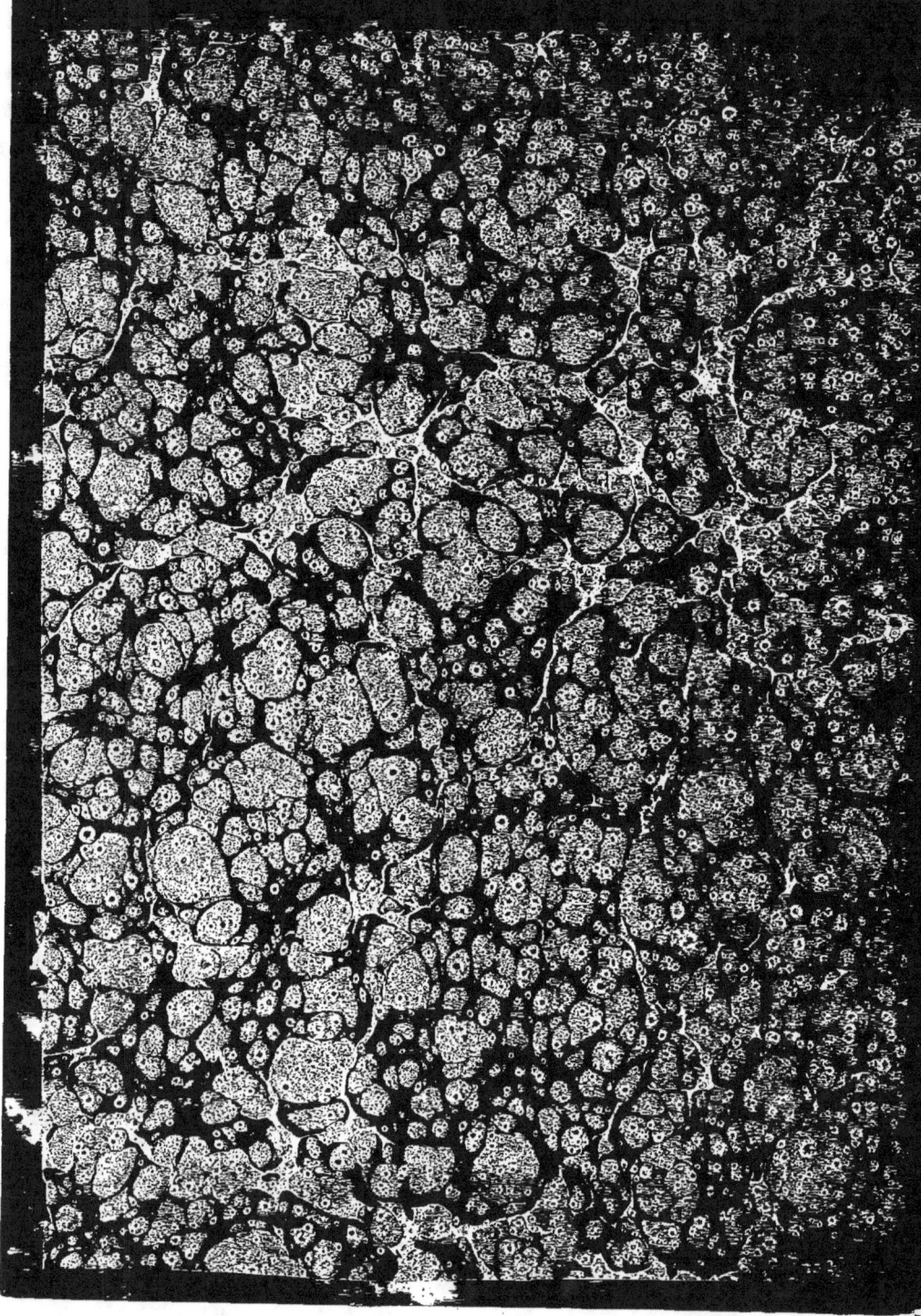

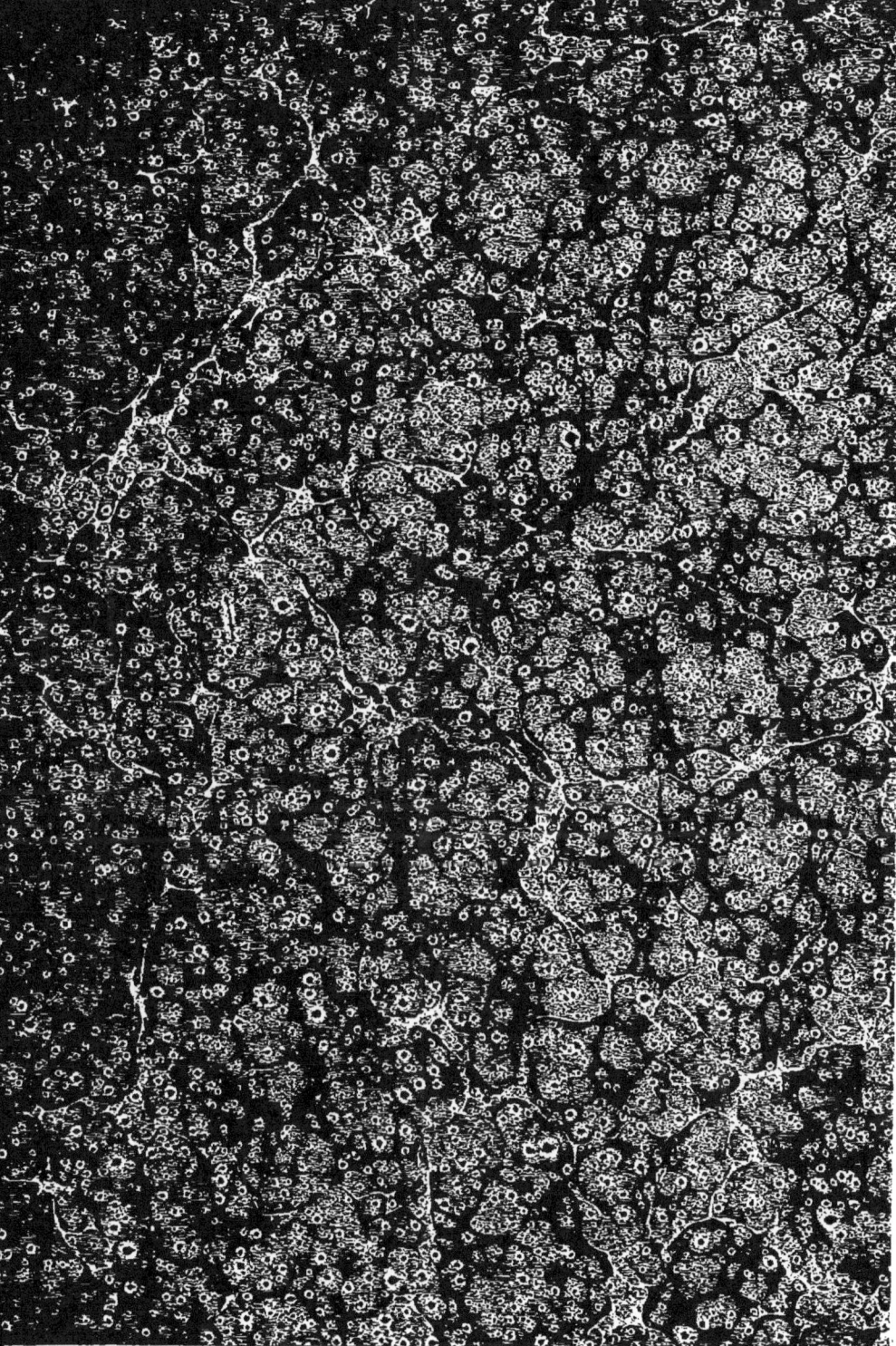

X

X

MANUEL PRATIQUE

DE RHÉTORIQUE.

Typographie de FIRMIN DIDOT frères, imprimeurs de l'Institut, rue Jacob, 56.

ÉTUDES CLASSIQUES EN UN AN.

MANUEL PRATIQUE

DE

RHÉTORIQUE,

PUBLIÉ

PAR J. E. BOULET, AVOCAT,

TRADUCTEUR DES INSTITUTES DE GAIUS,

Fondateur et ex-Rédacteur en chef de la Revue du Nord ,
Auteur des Manuels pratiques des Langues grecque et latine ,
Membre de l'Institut Historique , etc. etc.

CONTENANT :

1° INTRODUCTION OU EXPOSÉ DES MOYENS A EMPLOYER POUR FAIRE DÉDUIRE A L'ÉLÈVE,
PAR L'ANALYSE ET L'OBSERVATION DES CHEFS-D'OEUVRE CLASSIQUES, LES RÈGLES
DE L'ART DE BIEN DIRE ; 2° EXERCICES DE STYLE ; 3° TRAITÉ DE RHÉTORIQUE , OU
COLLECTION DE RÈGLES S'APPUYANT SUR DES FAITS ET DES EXEMPLES.

(à l'usage des pères de famille et des maisons d'éducation).

PARIS.

CHEZ L'AUTEUR, RUE NOTRE-DAME DES VICTOIRES, 16.
ET CHEZ MANSUT, LIBRAIRE , RUE DES MATHURINS SAINT-JACQUES, 17.

1839.

INTRODUCTION.

Agésilas disait aux Lacédémoniens : « On doit enseigner aux enfants et aux jeunes gens ce qu'ils auront besoin de savoir étant hommes. »

De bonne foi, est-ce ainsi que l'on procède dans nos Écoles ? Est-ce à tort qu'on est généralement disposé à regarder comme inutile au reste de la vie ce que l'on apprend dans la jeunesse ? et n'est-il pas vrai de dire que l'on respecte encore dans les études universitaires une institution consacrée par l'usage, mais à laquelle on n'a plus confiance, et qu'une fois sorti du collége, on pense qu'il faut se hâter de brûler ses livres classiques, pour commencer enfin les études indispensables à la vie réelle qui va s'ouvrir pour le jeune homme ?

Ce sentiment généralement répandu n'existerait pas sans doute, si tout ce que l'on apprend dans les colléges avait un rapport direct avec les soins et les relations qui nous attendent au sortir de la jeunesse, et si l'on retranchait de l'éducation tout ce qui n'est point applicable à l'existence sociale.

Mais la rhétorique est-elle au nombre de ces notions superflues dont l'utilité ne se fait jamais sentir ? Je ne le pense pas. Si la rhétorique n'avait pour but que de former des orateurs et des écrivains, sans doute les règles qu'elle donne seraient inutiles à l'immense majorité des jeunes gens, parmi lesquels un bien petit nombre seulement devraient se destiner à la

a

noble profession d'éclairer leurs semblables par leurs paroles ou par leurs écrits. Et disons-le en passant, c'est encore un des tristes résultats de notre éducation publique, d'encombrer la société actuelle de cette multitude de jeunes écrivains d'un talent au-dessous du médiocre. Se croyant une haute vocation, ils tentent en vain le succès que n'obtient même pas toujours le vrai mérite, et finissent par ne rencontrer que le désespoir, après avoir longtemps lutté contre d'invincibles obstacles. Que de tristes déceptions, que d'affreuses misères dues à une éducation qui ne tend qu'à former des hommes de lettres et des poëtes !

Même pour cette classe intermédiaire, qui doit fournir des ingénieurs, des peintres, des mécaniciens, des architectes, des sculpteurs, des musiciens, des juges, des notaires, des négociants et des avoués, la rhétorique peut encore être utile. Pour avoir occasion de parler en public, il n'est pas nécessaire d'être prédicateur, député, avocat. Membre d'un jury, d'une société, d'un conseil, vous avez à exposer vos idées, et malheur à vous si vous ne savez pas les disposer et les exprimer d'une manière convenable; eh bien ! avec de légères modifications, les règles de la rhétorique s'appliquent à toute espèce de composition écrite ou parlée, au style épistolaire, à la conversation même. Si l'on ne compose pas soi-même, il est encore besoin de connaître les règles pour apprécier dignement les compositions des autres; et quand les règles de la rhétorique ne produiraient d'autres résultats que celui de nous épargner cette multitude de jugements hasardés dont on est si prodigue, il lui en faudrait encore avoir obligation.

Mais faut-il commencer par l'étude des règles? Non, mille fois non. Conséquent avec nous-même (1), ici encore nous commencerons par les faits et nous dirons qu'il convient de se préparer à l'étude des règles par :

1° La lecture des bons modèles ;

2° L'analyse de morceaux choisis dans tous les genres ;

3° Des exercices gradués de composition.

1° *La lecture d'auteurs choisis.* La voie des préceptes est longue ; celle des exemples est beaucoup plus courte, a dit Sénèque. Lire *beaucoup* un *petit nombre* d'excellents ouvrages, est le meilleur moyen de se former le goût et d'apprendre à développer sa pensée. Que notre élève lise et relise dans Virgile les Épisodes des Géorgiques et les principaux discours de son Énéide. Qu'il s'attache à Racine et qu'il sache par cœur *Phèdre*, *Britannicus*, *Iphigénie*, *Athalie*. Qu'il étudie la *Milonienne* de Cicéron, le discours *pour la couronne* de Démosthène, les oraisons funèbres de Bossuet, telles que celles du prince de Condé ; l'oraison funèbre de Turenne, par Fléchier ; le IXe Chant de la *Henriade*, etc. Qu'en étudiant Racine il porte une attention particulière aux narrations et aux principaux discours : ceux de Burrhus, de Narcisse, d'Ulysse, d'Achille, de Joad sont des modèles parfaits d'éloquence, et il sera facile à l'élève de déduire de ces exemples les règles qu'il cherche.

Le *Cinna* de Corneille et le dernier acte des *Horaces*, peu-

---

(1) Voir l'exposé de la méthode que nous appliquons à l'étude des langues anciennes : il se trouve en tête de notre *Manuel pratique de langue grecque* et de notre *Manuel pratique de langue latine.*

a.

vent être lus après Racine, et avec les Commentaires de Voltaire. Quelques scènes du *Brutus* de Voltaire, la *Mort de César*, nous offriront aussi des exemples admirables d'une éloquence austère et d'un style pur.

2° *L'analyse.* La lecture serait peu fructueuse, si l'analyse ne devait immédiatement y succéder. Une composition littéraire est pour nous un tout que nous examinons dans son ensemble, pour nous rendre compte de son objet (1); nous en cherchons ensuite les divisions principales ; celles-ci nous présentent de nouveaux *touts*, dont il faut également trouver les parties constitutives.

Les éléments connus, il faut diriger notre attention sur l'ordre dans lequel l'auteur les a distribués, et donner les raisons de cette disposition.

Mais puisque toutes ces parties forment un ensemble, puisqu'elles concourent toutes à un but commun, il doit exister des liens qui les unissent; cette recherche est pour nous l'objet d'un nouveau travail.

Enfin nous comparerons les mots aux faits et aux pensées qu'ils rendent, en insistant surtout sur les substantifs abstraits; nous arriverons ainsi à saisir les nuances qui distinguent les mots appelés synonymes, et nous acquerrons une notion exacte et précise de la valeur des termes.

---

(1) Nous empruntons presque tout ce qui suit sur la manière d'analyser un morceau littéraire à l'excellent ouvrage de feu *Sabatier : Étude de la langue maternelle,* ouvrage que son auteur n'eût pas manqué de compléter sans doute, si la mort ne fût venue l'enlever au milieu de ses travaux. Tel qu'il est, nous ne saurions trop recommander ce livre utile aux élèves et surtout aux professeurs.

Toute composition littéraire, à quelque genre qu'elle appartienne, peut toujours être observée sous les rapports suivants :

1º Objet de la composition. Faits qu'elle expose. Pensées, sentiments, arguments qui s'y trouvent; leur appréciation par l'élève. (*Invention.*)

2º Ses parties principales et leurs divisions secondaires. (*Disposition.*)

3º Les liens qui les unissent. (*Transitions.*)

4º Le style. (*Élocution.*)

Au moyen du questionnaire suivant, applicable à toute œuvre littéraire, *narration, portrait, parallèle, discours, tragédie, comédie*, etc., l'élève peut faire oralement ou par écrit l'analyse dont d'abord il lui a été donné connaissance.

1ᵉʳ Exercice: *Lecture du morceau* par le maître ou par un élève. Après cette lecture, l'élève doit en présenter le compte rendu.

2ᵉ Exercice : *Examen du morceau dans ses parties constitutives.*

— Quel est l'objet de ce morceau? — Examinons si les faits que l'auteur expose, sont présentés d'une manière convenable; si les pensées, les sentiments, les arguments qui s'y trouvent, sont appropriés au sujet. — Indiquez les divisions principales que vous avez remarquées? — Examinons maintenant chaque division principale? — Ne remarquez-vous pas dans cette première partie, d'autres subdivisions ? (De même pour les autres).

3ᵉ Exercice : *Examen du morceau sous le rapport de la disposition de ses parties constitutives.*

— Maintenant que vous connaissez les parties constitutives de ce morceau, examinez l'ordre dans lequel l'auteur les a distribuées, et tâchez de justifier cette disposition et de faire voir si l'auteur aurait pu en adopter une plus convenable.

4ᵉ Exercice : *Examen du morceau sous le rapport de la liaison de ses parties constitutives.*

— Toute composition est un ensemble formé de plusieurs parties; il importe donc que ces parties soient unies entre elles; autrement l'œuvre serait décousue. L'auteur a dû s'attacher à unir ces parties de telle manière que le passage de l'une à l'autre n'ait rien de choquant, rien de brusque, et cependant soit assez senti pour qu'elles restent distinctes. Cherchons donc par quelles transitions l'auteur a lié les diverses parties de son œuvre.

5ᵉ Exercice : *Examen du morceau sous le rapport du style.*

— Quelle opinion avez-vous du style en général de ce morceau? — L'auteur avait-il besoin pour son sujet d'art, d'efforts, d'ornements re-cherchés, de mouvements? suffisait-il que l'expression fût juste, aisée, naturelle? — Le sujet exigeait-il que l'auteur s'attachât particulièrement à plaire? l'art pouvait-il, devait-il se montrer dans son style? — Le sujet était-il de nature à ce que l'auteur fît emploi d'expressions relevées, d'images sublimes? — Le style de l'auteur, dans ce morceau, est-il *clair*? est-il *pur*?

Ici c'est au professeur à provoquer, par ses questions, de la part de son élève, l'examen de la propriété des termes, de leur valeur individuelle, de leurs différentes acceptions (1), en les comparant avec des synonymes; et cet exercice peut s'appliquer, nous le répétons, à toute espèce de composition littéraire.

Soit, par exemple, à analyser le discours de l'évêque Flavien à Théodose, le professeur pourra procéder de la manière suivante :

L'ÉVÊQUE FLAVIEN A THÉODOSE.

ARGUMENT.

Un impôt extraordinaire, justifié par les circonstances où se trouvait l'État, soulève les habitants d'Antioche. Ils se portent aux plus coupables excès et n'épargnent pas même les statues de l'empereur

---

(1) L'excellent traité des *Synonymes* de l'abbé Girard pourra être d'un utile secours.

Théodose. Tout à coup ils passent de la fureur au repentir; les lois reprennent leur force, les plus criminels sont punis. Mais ceux qui restaient attendaient avec effroi ce que déciderait le prince. L'évêque Flavien part dans le dessein de l'apaiser et de sauver la ville.. Il se présente devant l'empereur, qui lui rappelle tout ce qu'il a fait pour l'ingrate Antioche. Flavien lui répond ainsi d'une voix entrecoupée de sanglots.

(A. F. Théry, *Conciones.*)

Prince, notre ville infortunée n'a que trop de preuves de votre amour, et ce qui faisait sa gloire, fait aujourd'hui sa honte et notre douleur. Détruisez-la jusqu'aux fondements, réduisez-la en cendres, faites périr jusqu'à nos enfants par le tranchant de l'épée, nous méritons encore de plus sévères châtiments; et toute la terre, épouvantée de notre supplice, avouera cependant qu'il est au-dessous de notre ingratitude. Nous en sommes même déjà réduits à ne pouvoir être plus malheureux. Accablés de votre disgrâce, nous ne sommes plus qu'un objet d'horreur. Nous avons dans votre personne, offensé l'univers entier; il s'élève contre nous plus fortement que vous-même. Il ne reste à nos maux qu'un seul remède : imitez la bonté de Dieu outragé par ses créatures : il leur a ouvert les cieux. J'ose le dire, grand prince, si vous nous pardonnez, nous devrons notre salut à votre indulgence; mais vous devrez à notre offense l'éclat d'une gloire nouvelle; nous vous aurons, par notre attentat, préparé une couronne plus brillante que celle dont Gratien a orné votre tête : vous ne la tiendrez que de votre vertu. On a détruit vos statues. Ah! qu'il vous est facile d'en rétablir qui soient infiniment plus précieuses! Ce ne seront pas des statues muettes et fragiles, exposées dans les places publiques aux caprices et aux injures : ouvrages de la clémence et aussi immortelles que la vertu même, celles-ci seront placées dans tous les cœurs, et vous aurez autant de monuments qu'il y a d'hommes sur la terre, et qu'il y en aura jamais. Non, les exploits guerriers, les trésors, la vaste étendue d'un empire ne procurent pas aux princes un honneur aussi pur et aussi durable que la bonté et la douceur. Rappelez-vous les outrages que des mains séditieuses firent aux statues de Constantin, et les conseils de ses courtisans, qui l'excitaient à la vengeance. Vous savez que ce prince, portant la main à son front, leur répondit en souriant : *Rassurez-vous, je ne suis pas blessé.* On a oublié une grande partie des victoires de cet illustre empereur; mais cette parole a survécu à ses trophées; elle lui méritera à jamais les éloges et les bénédictions de tous les hommes. Qu'est-il besoin de vous mettre sous les yeux des exemples étrangers? il ne faut vous montrer que vous-même. Souvenez-vous de ce soupir généreux que la clémence fit sortir de votre bouche, lorsque, aux approches de la fête de Pâques, annonçant, par un édit, aux criminels leur pardon et aux prisonniers leur délivrance, vous ajoutâtes : *Que n'ai-je aussi le pouvoir de ressusciter les morts!* Vous pouvez faire aujourd'hui ce miracle : Antioche n'est plus qu'un sépulcre; ses habitants ne sont plus que des cadavres; ils sont morts avant le supplice qu'ils ont mérité : vous pouvez d'un seul mot leur rendre la vie. Les infidèles s'écrieront : *Qu'il est grand le Dieu des chrétiens!* des hommes, il en fait des anges; il les affranchit de la tyrannie de la nature. Ne craignez pas que notre impunité corrompe les autres villes. Hélas! notre sort ne peut qu'effrayer. Tremblants sans cesse, regardant chaque nuit comme la dernière, chaque jour comme celui de notre supplice; fuyant dans le désert, en proie aux bêtes féroces; cachés dans les cavernes, dans les creux des rochers, nous donnons au reste du monde l'exemple le plus funeste. Détruisez Antioche; mais détruisez-la comme le Tout-puissant détruisit autrefois Ninive; effacez notre crime par le pardon, anéantissez la mémoire de notre attentat, en faisant naître l'amour et la reconnaissance. Il est aisé de brûler des maisons, d'abattre des murailles; mais de changer tout à coup des rebelles en sujets fidèles et affectionnés, c'est l'effet d'une vertu divine. Quelle conquête une seule parole peut vous procurer! elle vous gagnera le cœur de tous les hommes. Quelle récompense vous recevrez de l'Éternel! il vous tiendra compte non-seulement de votre bonté, mais aussi de toutes les actions de miséricorde que votre exemple produira dans la suite des siècles. Prince invincible, ne rougissez pas de céder à un faible vieillard, après avoir résisté aux prières de vos plus braves officiers; ce sera céder au souverain des empereurs, qui m'envoie pour vous présenter l'Evangile et vous dire : *Si vous ne remettez pas les offenses commises contre vous, votre père céleste ne vous remettra pas les vôtres.* Représentez-vous ce jour terrible dans lequel les princes et les sujets comparaîtront au tribunal de la suprême justice, et faites réflexion que toutes vos fautes seront effacées par le pardon que vous aurez accordé. Pour moi, je vous le proteste, grand prince, si votre juste indignation s'apaise, si vous rendez à notre patrie votre bienveillance, j'y retournerai avec joie, j'irai bénir avec mon peuple la bonté divine et célébrer la vôtre. Mais si vous ne jetez plus sur Antioche que des regards de colère, mon peuple ne sera plus mon peuple; je ne le reverrai plus. J'irai dans une retraite éloignée cacher ma honte et mon affliction; j'irai pleurer, jusqu'à mon dernier soupir, le malheur d'une ville qui aura rendu implacable à son égard le plus humain et le plus doux de tous les princes.

(Lebeau, *Histoire du Bas-Empire.*)

MODÈLE D'ANALYSE.

Premier exercice.

Examen du discours dans ses parties constitutives.

DIVISIONS PRINCIPALES.

1º Antioche a mérité son sort.

2º Le crime de cette ville fournit à l'empereur l'occasion d'acquérir une gloire immortelle.

3º L'impunité n'est pas à redouter comme un exemple dangereux; car le sort des habitants ne peut qu'effrayer.

4º La clémence de l'empereur changerait des rebelles en sujets fidèles et affectionnés.

5° Si l'empereur ne remet pas les offenses commises contre lui, Dieu ne lui remettra pas les siennes.

6° Résolution que prendra l'orateur, selon la décision de Théodose.

SUBDIVISIONS.

PREMIER MOYEN. — Antioche a mérité son sort.

1° Les plus sévères châtiments seraient trop doux pour les habitants d'Antioche.

2° Leur crime a soulevé contre eux l'univers tout entier.

DEUXIÈME MOYEN. — Le crime de cette ville fournit à l'empereur l'occasion d'acquérir une gloire immortelle.

1° Théodose devra à l'offense des habitants d'Antioche l'éclat d'une gloire nouvelle.

2° Les statues que lui élèvera sa clémence seront placées dans tous les cœurs.

3° Le souvenir de la clémence de Constantin a survécu à celui de ses victoires.

4° Théodose trouve dans sa propre vie d'assez beaux exemples à suivre.

5° Les habitants d'Antioche ne sont plus que des cadavres; un seul mot de l'empereur peut les rendre à la vie.

TROISIÈME MOYEN. — L'impunité n'est pas à redouter comme un exemple dangereux; car le sort des habitants ne peut qu'effrayer.

1° Énonciation de la proposition.

2° Développement tiré du tableau de la triste existence que mènent les habitants, depuis qu'ils se sont rendus criminels.

QUATRIÈME MOYEN. — La clémence de l'empereur changerait des rebelles en sujets fidèles et affectionnés.

1° La clémence de l'empereur lui gagnera les cœurs de tous les hommes.

2° L'Éternel l'en récompensera.

CINQUIÈME MOYEN. — Si l'empereur ne remet pas les offenses commises contre lui, Dieu ne lui remettra pas les siennes.

1° En cédant à la prière d'un vieillard, Théodose obéira à la voix de Dieu, dont l'orateur n'est que l'envoyé.

2° Le pardon qu'il aura accordé lui vaudra devant le tribunal de la suprême justice la remise de toutes ses fautes.

SIXIÈME MOYEN. — Résolution que prendra l'orateur, selon la décision de Théodose.

1° Si l'empereur pardonne, l'orateur retournera à Antioche célébrer sa clémence et bénir la bonté divine.

2° Si Théodose persiste dans sa colère, Flavien ira dans une retraite éloignée cacher sa honte et son affliction.

Deuxième exercice.

Examen du discours, sous le rapport de la disposition de ses parties constitutives.

Les habitants d'Antioche se sont portés aux plus coupables excès, ils n'ont pas même épargné la statue de l'empereur. Revenus bientôt à un sentiment plus calme, ils sont rentrés dans le devoir et attendent avec effroi le juste châtiment de leur coupable conduite : l'évêque Flavien se présente devant l'empereur Théodose pour apaiser sa colère et obtenir le pardon de ses compatriotes. L'orateur, loin de chercher à pallier la faute des habitants d'Antioche, commence par convenir que leur conduite a mérité le plus sévère châtiment. Cette concession est adroite; car il fallait bien se garder de heurter de front un prince irrité, ni de contester un fait d'une telle évidence : il était donc difficile d'entrer en matière d'une manière plus convenable à la circonstance. Mais la faute est grave en elle-même; plus elle a eu de retentissement dans l'univers entier, plus belle est l'occasion qu'elle offre à l'empereur de manifester sa clémence d'une manière solennelle. Ce second moyen, que l'orateur développe avec beaucoup de force, qu'il appuie d'exemples tirés de la vie de Constantin-le-Grand et de Théodose lui-même, est fort habilement placé à la suite de la première partie du discours. Toutefois ce pardon généreux, qui fera jaillir sur Théodose une gloire si grande et si pure, ne sera-t-il pas pour le reste de l'empire un exemple d'impunité bien dangereux ? Le saint évêque s'empresse de prévenir cette objection par le tableau effrayant de la triste situation où déjà sont réduits les habitants d'Antioche ; leur sort est si misérable qu'il n'est pas à craindre qu'il tente aucune autre ville. Il y a plus, cet acte de clémence est dans l'intérêt de l'empereur lui-même, puisqu'il change des rebelles en sujets fidèles et affectionnés ; et qu'en lui gagnant les cœurs de tous les hommes, il lui assure des récompenses dans une autre vie. Enfin, pour donner à ses paroles une sainte autorité, l'orateur quitte le ton suppliant, et se rappelant le caractère sacré dont il est revêtu, il presse, il commande au nom du ciel même, et termine par une protestation touchante de l'influence qu'exercera sur sa propre destinée la décision de l'empereur. C'est ainsi que les moyens que fait valoir l'orateur, indépendamment de leur valeur intrinsèque, tirent un nouveau degré de force de l'ordre même dans lequel ils sont disposés.

Troisième exercice.

Examen du discours sous le rapport de la liaison de ses parties constitutives.

Le premier moyen est lié au second à l'aide de cette phrase : *Il ne reste à nos maux qu'un seul remède : imitez la bonté de Dieu outragé par ses créatures : il leur a ouvert les cieux.*

Le troisième succède au second sans transition. On passe du troisième au suivant, au moyen de cette phrase : *Détruisez Antioche ; mais détruisez-la comme le Tout-puissant détruisit Ninive*, etc.

Entre le quatrième et le cinquième, point de transition. Enfin ces mots, *pour moi*, sont le seul lien qui existe entre le cinquième et le dernier.

Quatrième exercice.

Examen du discours sous le rapport des pensées et des sentiments.

L'exemple des habitants d'Antioche doit nous ouvrir les yeux sur les dangers d'une conduite irréfléchie. Il faut penser mûrement avant d'agir, considérer les faits et prévoir les conséquences, car si nous cédons à un premier mouvement, combien n'est-il pas à craindre que nous ayons bientôt à nous repentir de trop de précipitation ? L'évêque qui se présente devant l'empereur pour implorer la grâce de ses malheureux compatriotes, remplit une mission de charité, bien digne de son saint ministère ; il ne se dissimule pas toute la gravité de la faute qu'ils ont commise; mais confiant dans la miséricorde de Dieu, il espère que le Seigneur sera touché de leur repentir et qu'il inspirera à l'empereur des sentiments de clémence. Si son langage décèle son talent comme orateur, il atteste en même temps une âme noble et pure, animée d'une piété sincère. Dans ce discours l'art n'emprunte rien au mensonge, point de ces arguments sophistiques qui font briller l'esprit aux dépens de la raison : la vérité n'a pas besoin de ces indignes auxiliaires; elle se suffit à elle-même. Les habitants d'Antioche sont coupables; ils ont violé les lois, outragé jusqu'à la personne de l'empereur : convient-il dans cette circonstance d'entreprendre de justifier, d'atténuer leur faute par des considérations présentées avec plus ou moins d'habileté ? L'orateur s'est proposé un but plus noble ; il avoue le crime de ses compatriotes, il ne vient pas les défendre, il implore la clémence de l'empereur. Les moyens qu'il fait valoir pour le toucher sont empreints des sentiments les plus élevés : c'est par la clémence qu'on gagne les cœurs ; elle seule nous procure une gloire durable; la miséricorde dont nous usons envers nos semblables nous attire celle du souverain des rois, et nous fait trouver grâce, lorsque nous comparaissons au tribunal de la suprême justice : voilà le langage de la vertu et de la religion; n'est-il pas plus entraînant que cette vaine argumentation qui n'a pour base que le mensonge et l'adresse ?

Cinquième exercice.

Examen du discours sous le rapport du style.

PREMIER MOYEN. — Antioche a mérité son sort.

« Prince, notre *ville infortunée* n'a que trop de preuves de votre amour, et ce qui faisait sa gloire fait aujourd'hui sa honte et notre douleur. »

Ville infortunée. C'est le contenant pour le contenu, la ville pour des habitants.

« Détruisez-la jusqu'aux fondements, *réduisez-la en cendres,* faites périr jusqu'à nos enfants par le tranchant de l'épée; nous méritons encore de plus sévères *châtiments;* et toute *la terre, épouvantée* de notre supplice, *avouera* cependant qu'il est au-dessous de notre *ingratitude.* »

Réduisez-la en cendres. La flamme, en consumant les objets qu'elle attaque, les convertit en cendres, en diminue ou réduit le volume; c'est pour cela qu'on dit : réduire en cendres.

Châtiments. Ce mot s'entend plus spécialement d'une punition corporelle.

La terre épouvantée avouera. La terre pour les habitants qui la peuplent, c'est la même figure que nous avons analysée dans la première phrase.

Ingratitude. Oubli du bienfait qu'on a reçu.

DEUXIÈME MOYEN. — Le crime de cette ville fournit à l'empereur l'occasion d'acquérir une gloire immortelle.

« Imitez la bonté de Dieu : *outragé* par ses créatures, il leur a ouvert les cieux. »

Outragé. L'outrage est une injure qui porte atteinte à notre dignité.

« J'ose le dire, grand prince, si vous nous pardonnez, nous devrons notre salut à votre *indulgence;* mais vous devrez à notre offense l'éclat d'une gloire nouvelle; nous vous aurons, par notre *attentat,* préparé une couronne plus brillante que celle dont Gratien a orné votre tête. »

Indulgence. Disposition de l'âme à pardonner les injures.

Attentat. Les habitants d'Antioche, en se révoltant, avaient fait une entreprise contre les lois; c'est ce qu'on appelle un attentat.

« Ce ne seront pas des *statues muettes et fragiles,* exposées dans les places aux *caprices* et aux injures. »

Statues muettes et fragiles. Qui n'ont pas l'usage de la parole, qui sont faciles à briser.

Caprices. Désirs subits, passagers, qui s'éteignent comme ils s'allument, sans motif ni raison, mais seulement par inconstance et légèreté de caractère.

« Ouvrages de la clémence et aussi immortelles que la vertu même, celles-ci seront placées dans tous les cœurs, et vous aurez autant de monuments qu'il y a d'hommes sur la terre et qu'il y en aura jamais. »

Toute cette partie du discours est figurée : l'auteur compare les sentiments de reconnaissance et d'amour que la clémence de l'empereur excitera dans tous les cœurs, et qui perpétueront à jamais le souvenir de sa vertu, à des statues vivantes et impérissables; mais la comparaison est implicite, c'est-à-dire, qu'elle n'est pas expressément énoncée.

« Rappelez-vous les outrages que des *mains séditieuses* firent aux statues de Constantin, et les conseils de ses *courtisans*, qui l'excitaient à la vengeance. »

Mains séditieuses. L'attribut qui convient à la personne est appliqué ici à l'instrument dont elle se sert pour faire l'action.

Courtisans. Hommes de la cour, qui fréquentent la cour, qui vivent auprès des princes.

« Vous savez que ce prince, portant alors la main à son front, leur répondit en souriant : *Rassurez-vous, je ne suis pas blessé*. »

Ces paroles de Constantin expriment sa pensée d'une manière fine et délicate; elles laissent quelque chose à deviner à l'auditeur : *Je ne suis pas blessé*, veut dire que l'outrage fait aux statues de l'empereur n'a p porter atteinte à sa propre personne.

« On a oublié une grande partie des victoires de cet illustre empereur ; mais *cette parole a survécu à ses trophées ; elle sera entendue des siècles* à venir; elle lui méritera à jamais les éloges et les *bénédictions* de tous les hommes. »

Cette parole a survécu. C'est la cause pour l'effet; ce n'est pas la parole, mais le souvenir qu'on en conserve, qui a survécu.

Elle sera entendue des siècles. C'est le contenant pour le contenu ; les siècles à venir pour les hommes qui vivront alors.

Bénédictions. S'entend ici des vœux qu'on fait par attachement et surtout par reconnaissance pour le bonheur de quelqu'un.

« Souvenez-vous de ce *soupir généreux que la clémence fit sortir de votre bouche*, lorsque, aux approches de la fête de Pâques, annonçant, par un *édit*, aux criminels leur pardon et aux prisonniers leur délivrance, vous ajoutâtes : *Que n'ai-je aussi le pouvoir de ressusciter les morts !* »

Soupir généreux. C'est-à-dire excité par un sentiment de générosité; c'est encore une transposition de l'attribut.

Que la clémence fit sortir de votre bouche. Les sentiments qui nous animent soulèvent notre âme et lui impriment ces mouvements par lesquels sa situation se révèle, avant même qu'elle ait été exprimée par la parole.

Édit. Ordonnance rendue par un souverain.

Que n'ai-je le pouvoir de ressusciter les morts ! Voilà encore une de ces expressions brèves et concises de la pensée, qui font entendre beaucoup plus de choses qu'elles n'en disent. Cette exclamation pourrait se traduire par un long discours; mais la pensée ainsi délayée perdrait toute son énergie.

« Antioche n'est plus qu'un *sépulcre ;* ses habitants ne sont plus que des *cadavres*, ils sont morts avant le supplice qu'ils ont mérité : vous pouvez d'un seul mot les rendre à la vie. »

Remarquez encore ici une comparaison implicite : ces habitants d'Antioche que le sentiment de leur crime, que la crainte du châtiment a plongés dans une morne stupeur, sont déjà comme privés de la vie; l'orateur les compare à des cadavres; la ville qui les renferme n'est donc plus qu'un vaste cercueil. Ces expressions, malgré leur extrême énergie, n'ont rien de contraire à la vérité.

« Qu'il est grand le Dieu des chrétiens! des hommes, il en sait faire des anges; il les affranchit de *la tyrannie de la nature.* »

La tyrannie que la nature impose à l'homme, c'est la mort à laquelle il ne peut se soustraire. Rappeler les habitants d'Antioche à la vie, c'est les soustraire à la tyrannie de la nature.

TROISIÈME MOYEN. — L'impunité ne peut être à redouter comme un exemple dangereux; car le sort des habitants ne peut qu'effrayer.

« Tremblants sans cesse, regardant chaque nuit comme la dernière, chaque jour comme celui de notre supplice, fuyant dans les déserts, en proie aux bêtes féroces; cachés dans les cavernes, dans les creux des rochers, nous donnons au reste du monde l'exemple le plus funeste. »

L'orateur veut toucher, il veut éveiller la pitié de l'empereur en faveur des habitants d'Antioche; c'est pour cela qu'il fait un si triste tableau de leur situation. Il s'agissait d'établir que l'exemple de ces révoltés, laissés impunis, ne pouvait être dangereux pour le reste de l'empire; il fallait donc les montrer en proie au sort le plus misérable, et plus propres à exciter l'effroi que l'envie.

QUATRIÈME MOYEN. — La clémence de l'empereur changerait des rebelles en sujets fidèles et affectionnés.

« Effacez notre crime par le pardon; anéantissez la mémoire de notre attentat, en faisant naître l'amour et la reconnaissance. »

Toutes ces expressions sont heureusement rapprochées; le pardon effacera le crime, en remettant les châtiments qu'il a mérités; la clémence, qui fera naître des sentiments d'amour et de reconnaissance, anéantira le souvenir de l'attentat; les habitants d'Antioche, affectionnés et reconnaissants, feront oublier les sujets rebelles.

« Quelle récompense vous recevrez de l'*Éternel!* il vous tiendra compte non-seulement de votre bonté, mais aussi de toutes les *actions de miséricorde* que *votre exemple produira* dans la suite des siècles. »

L'Éternel. Attribut qui convient à Dieu seul, et qui est ici personnifié.

Actions de miséricorde. Sensibilité du cœur, attendrissement sur la misère, sur les maux d'autrui.

Que votre exemple produira. La clémence de l'empereur, en lui attirant une gloire éclatante, fera naître chez d'autres hommes le désir de lui ressembler; c'est ainsi qu'elle produira des actions de miséricorde dans la suite des siècles.

CINQUIÈME MOYEN. — Si l'empereur ne remet pas les offenses commises contre lui, Dieu ne lui remettra pas les siennes.

« *Prince invincible*, ne rougissez pas de céder à un *faible vieillard*, après avoir résisté aux prières de vos plus braves officiers; ce sera céder au *souverain des empereurs*, qui m'envoie vous présenter l'Évangile et vous dire : Si vous ne remettez pas les offenses commises contre vous, *votre père céleste* ne vous remettra pas les vôtres. »

Prince invincible. Qui est sorti victorieux de tous les combats qu'il a livrés.

Faible vieillard. La vieillesse diminue, affaiblit nos forces physiques.

Souverain des empereurs. Dieu, devant lequel les princes de la terre ne sont plus que de faibles mortels.

Votre père céleste. Le séjour de l'Éternel est dans les cieux; c'est pour cela que les hommes l'appellent leur père céleste.

« Représentez-vous ce *jour terrible*, dans lequel les princes et les sujets comparaîtront au *tribunal de la suprême justice*. »

Jour terrible. Qui épouvante, qui porte l'effroi dans les âmes.

Tribunal de la suprême justice. Justice s'entend ici des magistrats chargés de juger les hommes. Le tribunal de Dieu est bien la justice suprême, puisqu'elle s'élève au-dessus de toutes les autres et prononce sur le sort de tous les hommes, sans distinction de rang ni de fortune.

SIXIÈME MOYEN. — Résolution que prendra l'orateur, selon la décision de Théodose.

« Pour moi, *je vous le proteste*, grand prince, si votre *juste indignation* s'apaise, si vous rendez à notre patrie votre *bienveillance*, j'y retournerai avec joie, j'irai bénir avec mon peuple la bonté divine et célébrer la vôtre. »

Je vous le proteste. Je vous l'assure positivement.

Juste indignation. Sentiment que soulève dans notre âme tout acte qui porte atteinte à notre dignité ou à nos droits. Juste, parce qu'elle est excitée par un motif légitime.

b

Bienveillance. Disposition de l'âme à vouloir ou à faire du bien à autrui.

« Mais si vous ne jetez plus sur Antioche que des *regards de colère, mon peuple* ne sera plus *mon peuple ;* je ne le reverrai plus. »

Regards de colère. C'est-à-dire, animés par un sentiment de colère.

Mon peuple. Répétition faite à dessein pour donner plus de netteté à la pensée.

« J'irai pleurer, *jusqu'à mon dernier soupir,* le malheur d'une ville qui aura rendu *implacable* à son égard le plus humain et le plus doux de tous les hommes. »

Jusqu'à mon dernier soupir. Jusqu'au dernier instant de ma vie.

Implacable. Dont rien ne peut apaiser la colère.

3° *Exercices de composition.* Il est naturel de commencer par les matières les plus faciles et les plus à la portée des jeunes gens , telles que sont la rédaction d'anecdotes piquantes, de traits de moralité, de petites narrations historiques, de billets, de lettres dont le professeur fournit le sujet. Viendront ensuite quelques portraits d'hommes célèbres et d'une biographie connue, des parallèles, soit entre de grands hommes d'un caractère différent dont on leur aura appris l'histoire; soit entre différentes professions, tel que celui établi par Cicéron dans *pro Murena,* entre l'art militaire et la jurisprudence, ou bien celui que le même orateur établit dans *pro Marcello*, entre les vertus guerrières de César et sa clémence.

La traduction d'extraits d'auteurs grecs et latins sera aussi un excellent exercice de style. Outre que, les essayant de traduire, on s'accoutume, presque sans s'en apercevoir, à sentir et à penser comme son auteur, la difficulté d'atteindre à la noblesse et l'harmonie de ses périodes, à la variété de ses tours, à la liaison de ses idées, à la justesse et à la délicatesse de ses expressions, enfin à la politesse, à l'urbanité de son style ; cette difficulté fait faire d'incroyables efforts au traducteur ; c'est une lutte pour ainsi dire corps à corps, dans laquelle le traducteur est forcé, pour approcher de son modèle, d'avoir recours à toutes les ressources de sa propre langue.

Aux personnes qui, ne connaissant point les langues anciennes, ne peuvent s'exercer à la traduction, nous indiquerons l'Exercice suivant conseillé par Blair :

« Je ne connais, dit cet excellent rhéteur, aucun exercice plus « utile pour former le style, que celui de traduire quelques « passages des auteurs les plus estimés de notre propre langue « en termes de la même langue tirés de notre propre fond. J'en- « tends qu'on prenne une page, par exemple, *d'un bon auteur* « *quelconque*, qu'on la lise attentivement deux ou trois fois, de « manière à en bien retenir toutes les pensées ; qu'ensuite on « mette le livre de côté, et qu'on essaye d'écrire ce morceau « de mémoire, aussi bien qu'on pourra le faire. Après cela on « reprendra le livre, et l'on comparera son style avec celui de « l'auteur. Cette composition nous fera sentir les défauts du « nôtre, et nous apprendra à les corriger. Elle servira en par- « ticulier à nous faire connaître, entre plusieurs manières d'ex- « primer la même pensée, quelle est celle qui mérite la pré- « férence. »

Ce dernier procédé, qui s'applique parfaitement à toute espèce de composition littéraire, depuis la rédaction de la plus petite lettre, jusqu'au discours le plus important, est le moyen le plus simple et celui qui obtient les résultats les plus rapides.

Un choix de morceaux dans les différents genres de nos meilleurs auteurs suffit comme moyen d'exercice. L'élève les lira attentivement, les analysera, comme il a été dit plus haut, et puis cherchera à recomposer, sans le secours du livre, le morceau analysé. Enfin, par la comparaison qu'il fera de son travail avec la rédaction adoptée par son auteur, il reconnaîtra ses défauts et apprendra à se corriger. Cette méthode le dispense d'un maître, car son maître c'est l'auteur qu'il a lu, analysé et tenté de reproduire. Comme les discours, les harangues sont ce qu'il y a de plus difficile dans la rhétorique, l'élève les réservera pour la fin.

Après cet examen des faits, après les observations auxquelles ils auront donné lieu et à la suite d'exercices multipliés, rien ne s'opposera plus à ce que l'élève lise attentivement le petit résumé de rhétorique que nous lui présentons. Il y trouvera des termes nouveaux dont il faut connaître la valeur, et qui, alors, se présenteront à lui comme les signes d'idées déjà connues.

TRAITÉ

DE

RHÉTORIQUE.

Tout traité commence par la définition et la division de l'objet dont on s'occupe. On définit ordinairement la rhétorique : « l'art de bien dire ; » il faut développer les parties de cette définition.

La rhétorique est un art. Un art (1) est une réunion de préceptes d'après lesquels on fait mieux et plus facilement une chose qu'on pourrait encore faire, mais moins bien, avec l'aide seule de la nature. La rhétorique, comme art, en suppose deux autres : l'art de penser, qui est la logique, et l'art de parler correctement, qui est la grammaire.

On connaît la grammaire par les études grammaticales. La traduction des auteurs et les observations auxquelles ils ont donné lieu, peuvent être regardées comme une espèce de logique pratique, puisqu'on a acquis des idées, qu'on

---

(1) Une *Science*, au contraire, est une série de vérités qui se déduisent les unes des autres.

1

s'est exercé à juger, et qu'on a remarqué la liaison du raisonnement.

Bien dire, c'est parler de chaque chose d'une manière
convenable.

Il y a différentes sortes de convenances, celle des pensées
au sujet, du style aux pensées; il y a un ordre plus ou
moins convenable pour l'arrangement des parties; enfin, il
y a des convenances relatives aux temps, aux lieux, aux
personnes, etc.

On voit par là que, pour observer tant de sortes de convenances, il faut un art, des préceptes et des règles.

Il est vrai qu'il y a une éloquence naturelle. Tout homme,
lorsqu'il est agité de quelque passion, peut être éloquent
sans art, parce que la source de l'éloquence est dans l'âme;
mais il ne le sera qu'un instant.

Mais si la question à traiter est difficile; si les esprits des
auditeurs sont fortement prévenus par quelques préjugés
contraires à l'orateur, ou au sujet qu'il traite; si la volonté
de ceux qu'il veut déterminer lui oppose des obstacles et une
forte résistance, alors on sent que le talent naturel ne suffit plus, et qu'il faut recourir à l'art, et cet art est vraiment
difficile, parce qu'il suppose une multitude de connaissances qu'il est bien rare de trouver réunies dans un seul
homme. Si le talent naturel ne suffit pas seul, sans lui aussi
l'art est inutile; c'est la nature qui fournit le fonds, la matière; l'art la façonne, lui donne la forme, et de la réunion
des deux se compose la parfaite éloquence.

Maintenant il s'agit de voir où la rhétorique trouvera ses préceptes.

Les préceptes de la rhétorique, comme les règles des autres arts, sont dans la nature; c'est à ces règles naturelles que se conformaient les premiers orateurs. Ceux qui les premiers ont fait une forte impression sur leurs auditeurs, ont excité par là en eux le désir de les imiter. On a donc cherché à quoi ils devaient leurs succès; et ces observations ont produit des discours plus éloquents encore. C'est ainsi que de nouveaux essais, donnant lieu à de nouvelles réflexions, l'art a formé enfin ce recueil de préceptes, tirés en même temps de la nature et des modèles qui offraient l'éloquence avec une certaine perfection. Les Grecs, destinés à cultiver et à perfectionner les beaux-arts, ont donné les premiers des traités de rhétorique. Les Romains, qui ont imité les Grecs, ont trouvé chez eux et les règles et les modèles de l'éloquence. Cicéron a extrait ce qu'il y avait de mieux chez les rhéteurs grecs, en y ajoutant les observations qu'il devait à sa propre pratique. Quintilien, longtemps après, a mis à la portée des jeunes esprits ce que Cicéron écrivait pour des hommes d'un goût déjà formé.

Les modernes aussi se sont occupés des règles de l'art de la parole. Mais quelque bons que puissent être ces différents traités, il faut toujours remonter aux sources, qui, chez les anciens, sont aussi abondantes que pures.

La rhétorique a pour objet les règles du discours. Discours, en général, est une suite de raisonnements propres

1.

à prouver ce qui est énoncé dans la proposition. Sous ce point de vue, les règles du discours appartiennent à la logique proprement dite, et avant tout l'orateur doit être logicien.

Le discours oratoire, l'oraison, *oratio*, à la force des preuves doit de plus joindre tous les moyens accessoires qui peuvent les faire valoir, tels qu'une disposition heureuse, les grâces du style, les figures et les mouvements, toutes les précautions nécessaires pour les insinuer dans l'esprit ou détruire les préventions. Le nombre des matières que peut avoir à traiter l'orateur est immense; mais on peut les rappeler à trois genres principaux : le genre démonstratif, qui a pour objet le blâme ou la louange; le délibératif, dans lequel on traite des questions d'intérêt public; le genre judiciaire, qui comprend toutes les causes civiles ou criminelles qui sont du ressort de la loi.

Les rhéteurs anciens donnaient avec le plus grand détail toutes les règles relatives au genre judiciaire. Il est, effectivement, le plus difficile des trois, et d'ailleurs ses règles une fois bien conçues s'appliquent facilement aux deux autres, sauf quelques légères modifications.

Questions.

Par quoi tout Traité doit-il commencer ? — Qu'est-ce que la Rhétorique ? — Qu'est-ce qu'un Art ? — Comme art, quels autres arts suppose la Rhétorique ? — Qu'est-ce que *bien dire ?* — Combien de sortes de convenances ? — Existe-t-il une éloquence naturelle ? — En quelle circonstance un homme peut-il être éloquent sans le secours de l'art ? — Quand l'art est-il généralement nécessaire ? — Sans le talent naturel l'art est-il utile ? — De quoi se compose la parfaite éloquence ?—Où la Rhétorique puisa-t-elle d'abord ses préceptes ? — Comment ont-ils été transmis ? — Quel peuple donna les premiers Traités de rhétorique ? — Qu'ont écrit, à Rome, sur cet art, Cicéron et Quintilien ? — Qu'entendez-vous par Discours?—Quels sont les principaux genres de matières que peut avoir à traiter l'orateur ?

DIVISION GÉNÉRALE.

Les préceptes de rhétorique ont pour objet la composition du discours; il faut les connaître, soit qu'on veuille composer soi-même, soit qu'il s'agisse seulement de juger les compositions des autres. Les règles du discours en général étant connues, servent à juger ou à diriger toutes sortes de compositions. Dans un discours, il y a les choses, l'ordre dans lequel on les présente, l'expression ou le style propre à les faire valoir. Trouver les choses convenables, les mettre dans l'ordre convenable, les exprimer en style convenable, et si le discours est prononcé, prononcer d'une manière convenable, voilà en quoi consiste l'art de la rhétorique qui est renfermé dans la définition : parler de chaque chose d'une manière convenable. De là cette division générale : INVENTION, DISPOSITION, ÉLOCUTION et ACTION.

INVENTION.

Inventer, c'est chercher, trouver, choisir les choses qui doivent entrer dans la composition du discours. Autant de choses sont nécessaires que l'orateur a de devoirs à remplir. Le premier, sans doute, est d'instruire, de convaincre l'esprit; mais pour convaincre l'esprit, il est nécessaire en art oratoire de plaire, et quand il s'agit de déterminer la volonté, il faut encore émouvoir. On convainc l'esprit par les preuves, on plaît par les mœurs, on touche par les passions, trois moyens que l'orateur doit savoir également employer, et qui se trouvent presque toujours réunis dans un même discours.

PREUVES.

On appelle preuves ou arguments, les moyens, les raisons propres à établir la vérité ou la proposition qui est le sujet du discours. On distingue deux sortes de preuves; les unes intrinsèques, tirées de la nature même du sujet : on les appelle encore artificielles, parce qu'il faut un certain art pour les trouver. Les autres sont extrinsèques, prises hors du sujet, sans cependant lui être étrangères: celles-ci se nomment inartificielles ou sans art.

Il n'est pas difficile de trouver les preuves extrinsèques, lorsque par l'étude et la lecture la mémoire s'est enrichie d'exemples, d'autorités, de citations; mais alors, entre ces autorités et ces exemples, il faut savoir distinguer ce qui revient bien au sujet. Les preuves intrinsèques sont dans le sujet, il est vrai; mais dans les commencements il n'est pas aisé de les y apercevoir; pour cela, il faut que l'esprit ait déjà l'habitude de la réflexion, de la méditation.

Méditer, réfléchir, c'est examiner attentivement un sujet donné, l'envisager sous toutes ses faces, le diviser exactement en toutes ses parties. Pour y réussir, il n'y a pas d'autres moyens que de s'y préparer par l'analyse de quelques discours choisis pour modèles. Il y a deux sortes d'analyses, la première logique, la seconde oratoire. On fait l'analyse logique en dépouillant le discours de tous les ornements et des mouvements accessoires; par là on le rappelle à sa simplicité, et on voit ce qu'il y a de vrai et de solide dans les preuves.

On fait l'analyse oratoire en examinant ce que l'expression, les figures, les passions, ajoutent à la force réelle des preuves.

Il est aisé de voir que les preuves sont la partie essentielle, quoique le style et les grâces soient particulièrement ce qui constitue l'art de l'orateur. Ici le travail qu'on fait en analysant quelques discours présente mieux les préceptes mis en pratique que toutes les règles détaillées. Entre les différentes sortes de preuves qu'on doit trouver par l'invention, il en est une qui mérite une attention particulière, c'est celle par circonstances. Elle a lieu surtout dans le genre judiciaire, lorsque la question roule sur un fait. Un fait n'existe qu'avec des circonstances, les unes qui l'ont précédé, *antécédentes*; d'autres qui l'ont accompagné, *concomitantes*; d'autres enfin qui l'ont suivi, *subséquentes*.

Ces différentes circonstances donnent encore lieu à une autre division de personnes, de temps, lieux, de manière, etc., exprimés par ce vers technique :

Quis, quid, ubi, quibus auxiliis, cur, quomodo, quando.

Quis, la personne ou l'auteur du fait, son caractère.

Quid, le fait, la nature de la chose.

Ubi, le lieu.

Quibus auxiliis, les moyens, les facilités qu'on avait pour l'exécution.

Cur, le motif qui pouvait déterminer, l'intérêt qu'on pouvait avoir.

Quomodo, la manière.

Quando, le temps; s'il était favorable à l'exécution.

Chacune de ces circonstances n'est pas par elle-même d'une très-grande force; elles ne peuvent en avoir que par leur réunion. Outre cette preuve de circonstances, les anciens rhéteurs en indiquent d'autres : 1° la définition, qui chez les orateurs ne se présente pas d'une manière aussi précise que chez les logiciens; 2° l'énumération, qui ne se fait pas par une division méthodique, mais qui est ou brillante ou rapide, selon que le sujet l'exige; 3° la comparaison, qui consiste à rapprocher les choses des circonstances, pour conclure de l'une à l'autre; 4° la cause et les effets :

la cause étant connue, on en tire les effets qu'elle est propre à produire, ou réciproquement des effets on remonte à la cause ; 5° le genre et l'espèce : ce qui convient au genre se dit de toutes les espèces qu'il renferme ; mais ce qui est particulier à chaque espèce ne peut pas également se dire du genre. Il n'est pas inutile de connaître en gros ces différentes sources de preuves, que les anciens nommaient *lieux oratoires*, et qui leur sont communs avec les logiciens : le mal serait de leur donner une importance qu'ils n'ont pas.

MOEURS.

Par mœurs, *mores*, on entend les habitudes honnêtes et vertueuses par lesquelles l'homme se dirige dans la conduite de la vie. Ce sont là les mœurs réelles ; c'est à la philosophie d'en prescrire les règles. Les bonnes mœurs, nécessaires à tout homme, le sont encore bien plus à l'orateur, que Cicéron et Quintilien définissent : *Virum bonum dicendi peritum.*

Mais ce n'est pas assez que l'orateur ait les mœurs réelles ; il faut encore qu'il en mette l'expression dans son discours ; ce sont là les mœurs oratoires : préventions favorables qui disposent l'auditeur à recevoir ce que l'orateur a à lui exposer.

Quatre qualités principales constituent les mœurs oratoires : Probité, Lumières ou Prudence, Bienveillance, Modestie. Par probité, on entend tout motif juste et honnête qui peut engager un homme de bien à se charger d'une cause, ou à traiter un sujet quelconque en public ; et ces motifs varient selon les sujets. Dans le genre judiciaire, au barreau, c'est l'amour de la justice, le zèle d'un ami, un motif d'humanité, l'intérêt qu'inspire le malheur; il peut même suffire quelquefois que ce soit le devoir de l'état, comme quand on défend un coupable auquel la loi accorde ce moyen. Dans le genre délibératif, c'est l'amour du bien public, du prince, de la patrie. Dans le genre démonstratif, c'est l'amour ardent de la vertu, l'admiration ou la reconnaissance de grandes vertus, de grands services.

La probité de l'orateur nous rassure du côté de ses intentions : nous savons qu'il ne veut pas nous tromper; il faut de plus qu'il nous donne une bonne idée de ses talents, de ses lumières, car, dans les différents genres, l'orateur se charge de la tâche importante de nous éclairer, de nous instruire; on s'abandonne avec une pleine confiance à celui qui joint la prudence à la probité. C'est la réunion de ces deux qualités dans l'orateur qui fait ce qu'on appelle son autorité. L'autorité est cet ascendant naturel que la vertu et les talents d'un homme ont sur ceux qui sentent le prix de ces deux qualités.

La bienveillance est un sentiment tendre et affectueux par lequel l'orateur paraît s'intéresser vivement au bonheur de ceux devant qui il parle. Ce moyen est d'un succès infaillible, parce qu'il est naturel de ne s'attacher qu'à ceux qui s'attachent sincèrement à nous. Les trois qualités précédentes sont précieuses, sans doute; cependant elles manqueraient en grande partie leur effet, et même elles pourraient indisposer l'auditeur, si l'orateur n'y joignait encore la modestie.

La modestie est cette modération extérieure qui écarte de l'orateur, de son style, de son geste même, tout ce qui ressemblerait à la vanité, à la présomption, à la confiance. Toute réunion d'hommes exige qu'on la traite avec un certain respect : ce n'est qu'à ce prix qu'on obtient le droit de la conduire. La modestie se trouve placée entre deux extrêmes, une confiance présomptueuse qui révolterait, et une timidité excessive qui donnerait mauvaise idée des talents de l'orateur ou de la cause dont il se charge. Au reste, la modestie a des nuances relatives à l'âge, aux talents, aux succès qu'on a déjà obtenus, ou à la nature même du sujet qu'on traite; c'est à l'orateur à les saisir, lorsque l'expérience et l'habitude des affaires auront formé son goût.

A côté des mœurs on place ce qu'on appelle bienséances et précautions oratoires. *Bienséances, Decorum*, c'est ce qui sied, ce qui convient. Si les bienséances sont nécessaires dans la vie, elles le sont encore plus dans le discours. Ce sont des nuances délicates de respect, d'estime, de considération, de déférence, relatives aux personnes, aux âges, aux conditions, aux temps, aux lieux, etc.

L'orateur a des bienséances à observer envers lui-même, envers l'adversaire, etc. Ici la matière échappe aux règles; on n'enseigne pas les bienséances, c'est le bon usage qui les apprend; mais le principe en est toujours dans un cœur droit et vertueux; l'homme de bien se respecte toujours et respecte toujours les autres. Souvent l'orateur doit traiter des sujets extrêmement difficiles, dans des circonstances critiques, en présence d'auditeurs prévenus, contre des adversaires puissants, redoutables par leurs talents et par leur crédit; souvent il a à dire des choses dures ou à déterminer à des résolutions difficiles; dans toutes ces différentes positions, il a besoin d'adresse, de ménagement, de détours, et c'est ce qu'on appelle *précautions oratoires*. L'effet de ces précautions est sensible dans tous les discours où elles ont été bien observées; il faut surtout les remarquer dans la Milonienne où l'orateur avait contre sa cause le caractère de son client, l'opposition d'une faction puissante, les préventions de Pompée, et celles même de la plupart des juges dont il avait composé le tribunal.

PASSIONS.

Passions, en latin *affectus*, manières différentes dont l'âme est affectée, soit en bien, soit en mal, sont des mouvements par lesquels l'âme se porte vers les objets, ou s'en éloigne, selon qu'elle les juge convenables ou contraires à son bonheur. Il y a deux passions générales, l'*amour* et la *haine*, dont toutes les autres ne sont que des développements et des nuances. Les passions sont naturelles, et en ce sens elles sont bonnes, tant qu'elles n'ont pour objet que les vrais biens que l'homme doit désirer ou les maux qu'il doit fuir. Mais les passions se dépravent, et c'est pour les réprimer et les contenir dans leurs justes bornes que la philosophie morale prescrit des règles. Ici, nous les considérerons

par rapport aux effets qu'elles peuvent produire dans le discours. On a demandé s'il est permis à l'orateur d'employer
les mouvements, les passions : la réponse est simple.

Les passions sont souvent le seul moyen qui puisse décider la volonté faible ou qui résiste, lorsque l'esprit a déjà
été convaincu par des preuves. En second lieu, les passions
sont un moyen qui peut être bon en lui-même, et il l'est
lorsque l'orateur ne les excite que pour déterminer l'auditeur à une chose bonne et juste en elle-même. Il est donc
permis, souvent même nécessaire d'employer les passions.
Mais la difficulté est de les trouver. Où l'orateur les cherchera-t-il? Elles sont : 1° dans le sujet; 2° dans l'âme
de l'orateur lui-même ; 3° dans le cœur de ses auditeurs.
Pour les découvrir et les exciter, trois choses sont nécessaires : l'imagination, la sensibilité, le discernement.

L'imagination est la faculté que nous avons de nous re-
présenter les objets. Il est sûr que les objets font sur nous
des impressions propres à produire dans notre âme des
affections ou des sentiments agréables ou désagréables. En
examinant et en méditant son sujet, l'orateur y trouve des
pensées et des tableaux propres à faire sur son âme les mêmes impressions qu'y feraient les objets eux-mêmes, s'ils
frappaient réellement les sens. Il faut donc d'abord que
l'orateur se représente vivement les tableaux ou les situations
que le sujet peut fournir ; mais pour cela il faut qu'il ait la
sensibilité. La nature a mis dans le cœur de l'homme la
sensibilité ; par elle, il s'échauffe, il se passionne à la vue des

objets. Il y a un moyen de développer la sensibilité, c'est de se pénétrer des morceaux éloquents qui en offrent les différents traits, et on les trouve surtout dans les péroraisons touchantes ou dans les harangues vives et animées, qui présentent toutes les différentes sortes de mouvements propres aux différentes situations dans lesquelles l'orateur et l'auditeur peuvent se trouver placés.

Mais l'imagination et la sensibilité ne suffisent pas. L'imagination est sujette à des écarts, et la sensibilité peut avoir ses excès : c'est le goût, un juste discernement, qui doivent régler l'une et l'autre. Ici les fonctions de l'orateur deviennent difficiles. Il doit d'abord examiner si le sujet prête aux passions ; quelle espèce de passion il lui convient d'exciter. Ce n'est pas assez qu'il se pénètre lui-même d'une passion quelconque, il faut de plus qu'il connaisse les dispositions de l'auditeur, qu'il commence par affaiblir en lui la disposition qui lui serait contraire avant de lui communiquer le mouvement convenable au but qu'il se propose. Enfin, comme tous les hommes ne sont pas susceptibles des mêmes mouvements, il faut qu'il en emploie de toutes sortes, qu'il les varie les uns par les autres ; et surtout qu'il les conduise de manière que jamais il n'y ait rien de froid, de languissant, et enfin qu'il termine par quelque chose de décisif qui laisse l'âme au degré de chaleur propre à entraîner la volonté. C'est surtout par l'analyse des péroraisons qu'on apprendra la manière de conduire les passions avec discernement et justesse.

Questions.

Qu'est-ce que l'Invention ? — Par quoi l'auditeur est-il convaincu? — Comment l'orateur réussit-il à plaire ? — Par quoi est-il touché ? — Qu'entendez-vous par *preuves* ? — Combien de sortes de preuves? — Comment trouve-t-on les preuves intrinsèques ? — Qu'est-ce que *méditer* ? — Qu'est-ce que l'analyse logique ? — L'*analyse oratoire* ? — Comment se divisent les diverses circonstances relatives à un fait ? — Qu'entendez-vous par *Mœurs oratoires* ? — Quelles qualités les constituent ? — Qu'entendez-vous par *Bienséances* ? — *Précautions oratoires* ? — Définissez le mot *passion*. — Quelles sont les deux passions principales ? — Est-il permis à l'orateur d'employer les mouvements ? — Où l'orateur cherchera-t-il les passions ? — Quelles qualités lui sont nécessaires pour les trouver? — Définissez l'*imagination*. — La *sensibilité*. — Le *discernement* ; etc., etc.

DISPOSITION.

Disposition oratoire. — Dans quelle partie du discours les mœurs et les bienséances ont une expression plus marquée. — Ce qui forme le corps du discours. — Pour quel moment sont réservées les passions. — Parties essentielles du discours. — Exorde ; ses différentes espèces. — Narration. — Confirmation. — Différentes sortes d'arguments. — Réfutation. — Péroraison.

La disposition oratoire est l'ordre, l'arrangement des différentes parties trouvées par l'invention. Dans le discours, comme en tout, c'est une heureuse disposition qui fait la beauté et la force. Il y a déjà une disposition naturelle qui semble assigner la place aux différents matériaux fournis par l'invention. Les mœurs et les bienséances, quoique répandues dans tout le discours, devront avoir une expression plus marquée dès le commencement. Les preuves ou arguments, qui font la partie essentielle, formeront le corps du discours. Enfin, les passions, s'il est utile ou nécessaire de les émouvoir, seront réservées pour la fin, où elles achèveront de déterminer l'auditeur. Ainsi voilà trois parties essentielles dans le discours; on les a nommées *exorde*, *confirmation*, *péroraison* ou *conclusion*. A ces trois parties il faut ajouter la narration, dans les causes qui roulent sur des faits; la réfutation, qui est quelquefois une partie bien distincte de la confirmation. Quelques rhéteurs même regardent comme partie du discours la proposition, que d'autres rattachent à l'exorde qui est fait pour l'amener.

EXORDE.

Qu'est-ce que l'exorde ? Quel est son but, est-il nécessaire ? Combien de sortes d'exordes ? Quelles sont ses qualités ? Comment se lie-t-il au reste du discours ? L'exorde est cette partie importante dans laquelle l'orateur tâche de disposer l'auditeur à recevoir favorablement ce qu'il a à lui exposer dans le reste du discours. Il y réussira, s'il le rend bienveillant, attentif et docile. On gagne la bienveillance de l'auditeur ou du juge en se présentant à lui avec ces qualités personnelles qu'on a indiquées sous le nom de mœurs oratoires. On fixe son attention en lui présentant le sujet ou la cause comme importante, facile à suivre; quelquefois on peut présenter le sujet comme neuf et propre à piquer la curiosité, même comme sérieux et compliqué, quand l'auditeur a assez de lumières pour ne pas craindre les efforts qu'exige une attention soutenue. Mais la meilleure manière est d'établir nettement l'état de la question.

Par là même qu'on aura excité la bienveillance et l'attention, on sera sûr de la docilité de l'auditeur. Il suit toujours avec plaisir l'orateur qui sait rendre sa personne agréable et son sujet intéressant.

D'après cela, la deuxième question n'est pas difficile à résoudre. L'exorde est-il nécessaire? C'est comme si l'on demandait : L'orateur doit-il employer une préparation propre à se rendre l'auditeur favorable? Il est clair que dans les sujets même les plus faciles, ou dans les causes dans lesquelles il n'a aucunes préventions à détruire, il gagnera toujours beaucoup à augmenter la bienveillance et l'intérêt qu'on est disposé à lui accorder. On distingue différentes sortes d'exordes, selon l'importance des sujets ou les dispositions de l'auditeur : exorde simple; par insinuation; pompeux, ou fleuri; véhément ou *ex abrupto*.

L'exorde est simple, généralement, lorsque l'auditeur est bien disposé en faveur du sujet, ou de l'orateur, ou de la cause qu'il défend.

L'exorde est par insinuation, lorsque l'orateur trouve l'esprit de l'auditeur prévenu ou contre sa personne ou contre le sujet; ou lorsqu'il parle pour réfuter quelque opinion qui aurait fait une forte impression sur l'auditeur ou le juge.

On emploie l'exorde pompeux dans les sujets qui fournissent de grandes pensées.

L'exorde est orné ou fleuri dans les sujets médiocres et qu'on traite plutôt pour le plaisir de l'esprit que pour produire les grands mouvements d'admiration, de reconnaissance ou d'émulation pour les grandes vertus.

L'exorde est véhément lorsque l'orateur, emporté par quelque mouvement qu'il ne peut contenir, trouve ses auditeurs dans la même disposition. On sent qu'alors un exorde simple affaiblirait, ou détruirait le mouvement qu'il faut entretenir et augmenter. On a fréquemment des exemples de ces différentes sortes d'exorde; celui de la *Milonienne* est par insinuation, parce que l'orateur et son client avaient contre eux de fortes préventions et de la part du sujet, et de celle des juges, et surtout du côté de Pompée. L'exorde du discours *pro Archiá* est, d'un côté, simple, parce que la cause est favorable, de l'autre, il est orné et fleuri, parce que le sujet prêtait aux ornements. L'exorde de l'oraison funèbre de la reine d'Angleterre, de Bossuet, a toute la magnificence et toute la grandeur qui caractérisent l'éloquence. Celui de l'oraison funèbre de Madame, duchesse d'Orléans, est véhément : l'orateur éclate par un sentiment de douleur, et les figures fortes s'y trouvent réunies. On doit citer aussi l'exorde de la première Catilinaire: *Quousque tandem*, etc. Les qualités de l'exorde, en général, sont qu'il doit être ingénieux, modeste, propre au sujet, proportionné à la longueur du discours.

L'exorde sera ingénieux, s'il est travaillé avec soin, sans cependant que l'art y paraisse à découvert. Il doit être mo-

deste, parce que l'auditeur est en garde contre les préten-
tions de l'orateur. Il doit être propre au sujet, puisqu'il est
fait pour y préparer. Il doit par conséquent se tirer de quelque pensée générale dont l'application se fasse naturellement
à la proposition. L'exorde sera proportionné au reste du
discours, s'il a précisément l'étendue nécessaire pour disposer l'auditeur. Trop court, il ne préparerait pas assez;
trop long, il fatiguerait l'attention au lieu de la faire naître.
Enfin l'exorde doit se lier au reste du discours par le moyen
de la proposition, et la proposition est l'exposé précis de tout
le sujet ramené à sa plus simple expression.

La proposition peut être simple, ou composée. Si elle est
composée, on la divise en ses principales parties, et celles-ci
en leurs différents membres. Si la proposition est simple, il
y a encore lieu à une division qui alors indique les différents
moyens par lesquels on prouvera la proposition.

NARRATION.

La narration, en général, est le récit d'un fait avec ses
circonstances. Il y a différentes sortes de narrations : la
narration historique, dont le caractère principal est la
vérité et l'exactitude, et qui admet d'ailleurs les ornements
qui peuvent la rendre intéressante; la narration poétique,
dans laquelle la fiction, mêlée adroitement à la vérité,
produit l'intérêt et la vraisemblance; enfin la narration
oratoire, qui peut se trouver dans les trois différents genres.
Dans le délibératif, c'est quelquefois un fait qui donne lieu

à la discussion, et il faut l'exposer; dans le démonstratif, l'éloge des grands hommes roule sur des actions utiles à l'État, et il faut les présenter dans leur plus beau jour. Mais il est surtout question de la narration judiciaire, qui est la plus difficile et pour laquelle on donne particulièrement des règles. On définit la narration judiciaire : l'exposé d'un fait et de ses circonstances présenté d'une manière favorable à la cause. Il y a trois sortes de circonstances : celles qui ont précédé et amené le fait; celles qui l'ont accompagné; celles enfin qui l'ont suivi.

La narration judiciaire est-elle toujours nécessaire? Oui, quand même le fait serait public, quand même il aurait déjà été exposé par l'accusateur; car la narration ne se fait pas tant pour donner connaissance du fait, que pour le présenter d'une manière favorable à la cause.

Quelle est la place de la narration? Naturellement elle vient après l'exorde et précède toujours la confirmation. Cependant il peut être quelquefois nécessaire de la séparer de l'exorde, comme dans la *Milonienne*; l'orateur avait à détruire dans l'esprit des juges des préventions qui auraient empêché de recevoir la narration.

Quelles sont les qualités de la narration judiciaire? Elle doit être courte, claire, vraisemblable, intéressante.

La narration aura la brièveté convenable, si elle dit tout ce qu'il faut, et pas plus qu'il ne faut, relativement au but qu'on se propose. Il est donc possible que, pour exposer le fait, l'orateur soit obligé de remonter aux causes qui l'ont préparé de loin ; mais alors il ne doit prendre des circonstances antérieures que celles qui sont absolument nécessaires à l'intelligence du fait et à l'instruction des juges.

La narration doit être claire de deux manières : 1° dans l'arrangement des faits et des circonstances qui se présentent d'une manière naturelle ; 2° dans l'expression et la construction, qui soulagent l'attention et qui permettent facilement le récit.

Il y a vraisemblance dans la narration, lorsqu'il y a un rapport aisé à apercevoir entre les causes et les effets, entre les motifs et l'intérêt de celui qui agit et l'action dont il est l'auteur. Mais la vraisemblance résulte surtout d'un style simple et naturel, tel que serait le récit d'une action à laquelle on ne serait pas intéressé. C'est par là surtout que s'établit dans l'esprit du juge la crédibilité, c'est-à-dire, la disposition à croire la chose telle qu'on la lui présente. Par là même que la narration a les trois qualités précédentes, elle a déjà un intérêt suffisant. Cet intérêt croîtra encore, si l'orateur sait la semer d'ornements légers dont cette partie du discours ne doit pas être dépourvue. On lui permet quelques métaphores, mais pas trop hardies ; quelques mouvements, pourvu qu'ils se présentent d'eux-mêmes ; quelques saillies, pourvu qu'elles n'aient rien de trop ingénieux. Moins la narration a de ressources du côté du style, plus il faut la relever et la varier par tous les moyens qu'elle peut offrir sans affectation et sans trop de recherche. Le but de la narration est de préparer la preuve ; c'est pour cela qu'elle doit contenir le germe de tous les moyens qui seront développés dans la suite. Ces moyens, pour être victorieux, doivent être tirés du sujet lui-même; et ici le sujet est un fait avec ses circonstances. Il doit donc y avoir un accord parfait entre les différentes parties de la narration et celles de la preuve; c'est ce qu'on peut observer dans la narration de la *Milonienne* qui, seule, suffit pour modèle et pour précepte d'une bonne narration.

CONFIRMATION.

La confirmation est la partie du discours où l'orateur prouve la proposition qu'il a établie à la fin de l'exorde. De là autant de parties qu'il y a de membres de division dans la proposition, et que chaque membre a de sous-divisions. La confirmation est la partie essentielle; c'est à elle que les autres se rapportent. L'exorde est fait pour préparer les esprits à recevoir la preuve; la narration en contient les germes; la réfutation en écarte tout ce qui pourrait lui être contraire, et la péroraison présente en abrégé les principaux moyens. Trois choses doivent occuper l'orateur dans la confirmation : 1° le choix des moyens; 2° l'ordre dans lequel il convient de les présenter; 3° enfin, la manière de les faire valoir.

1° Choix des moyens. On a indiqué, dans l'invention, les différentes sortes de preuves et les sources où il faut les puiser; mais le plus difficile n'est pas de les trouver, il l'est encore plus d'en faire un choix judicieux. Il y a des sujets qui offrent un grand nombre de preuves ; il faut prendre seulement celles qui sont fortes et qui vont directement au but. L'auditoire devant lequel l'orateur parle peut être composé d'hommes qui soient différents en lumières ou en opinions, et il doit employer seulement les preuves propres à les convaincre. L'habitude et le goût le dirigent ici plus sûrement que les règles, qui se réduisent à une seule générale : les bonnes preuves sont celles qui conviennent au sujet et à la disposition des auditeurs.

2° Ordre des preuves. L'ordre dans lequel les preuves se développent doit être donné par la division elle-même ; quand cette division est heureuse, elle amène naturellement chaque moyen qui se trouve à sa véritable place. Les rhéteurs font ici une autre observation qui est fondée sur l'inégalité des moyens. Il y en a de forts et de décisifs, d'autres médiocres, quelques-uns même faibles, mais qu'on ne doit pas quelquefois négliger. On convient généralement qu'il faut d'abord s'emparer de l'esprit par des moyens forts, en réserver quelques-uns pour la fin de la confirmation, et laisser ainsi une impression forte dans l'esprit de l'auditeur ou du juge. Quant aux moyens faibles ou médiocres qui n'auraient pas par eux-mêmes une force suffisante, il faut les placer au milieu, les réunir en masse : ce n'est pas, dit Quintilien, la foudre qui renverse, c'est la grêle qui frappe à coups redoublés.

3° Manière de faire valoir les moyens. Il y a deux manières, l'argumentation logique et l'argumentation oratoire.

L'argumentation logique prouve en posant un principe qui est d'une vérité évidente ou avouée, dont elle tire une conclusion qui est implicitement renfermée dans le principe.

Il y a plusieurs formes d'argumentations dont il suffit de marquer ici les principales ; ce sont : le syllogisme, l'enthymème, le dilemme, et l'épichérème ou le syllogisme oratoire.

1° Le syllogisme, qui est la forme d'argumentation la plus parfaite, est un raisonnement exprimé en trois propositions, dont la première s'appelle majeure, la deuxième mineure, et la troisième conclusion. Exemple :

« On a droit de tuer un injuste agresseur (voilà la majeure « ou le principe) ; or, Clodius était injuste agresseur (voilà « l'application du principe à un fait particulier) ; donc il a « été permis à Milon de tuer Clodius (voilà la conclusion qui « était contenue dans les deux propositions précédentes, « qu'on appelle prémisses ou mises en avant). »

Observez que, pour que la conclusion soit vraie, il faut que la majeure et la mineure le soient toutes deux.

2° L'enthymème est un syllogisme abrégé dont on a supprimé une des deux prémisses. Exemple :

« Il est permis de tuer un injuste agresseur ; donc Milon « a pu légitimement tuer Clodius. » La mineure est supprimée ; ou bien : « Clodius a attaqué Milon, donc il était permis à ce dernier de le tuer. » Ici c'est le principe qui est sous-entendu.

3° Le dilemme est aussi une espèce de syllogisme dont

la majeure renferme ordinairement deux propositions ou deux suppositions telles que, quelle que soit celle qu'on admette, l'orateur obtienne ce qu'il prétend. On en a un exemple dans la *Milonienne*, lorsque Cicéron parle du retour de Milon à Rome après le meurtre de Clodius. Ce retour si prompt et si tranquille est, selon l'orateur, la preuve de l'innocence de Milon. Milon ne devait pas revenir à Rome, et on le prouvait par ce syllogisme disjonctif : « Ou bien « Milon a tué Clodius par haine, ou bien par amour de la « patrie; s'il l'a tué par haine, alors, sa vengeance étant sa- « tisfaite, il quittera volontiers sa patrie; s'il l'a tué par « générosité et par amour de la patrie, après avoir rendu « un si grand service à ses concitoyens, il les laissera jouir « de ses bienfaits, et il emportera dans son exil le témoi- « gnage d'une conscience tranquille après une grande action. « Donc, en aucun cas, Milon ne devait revenir à Rome. « Cependant il y est revenu, dit l'orateur; donc Milon n'a « tué Clodius que parce qu'il y a été obligé pour sa juste « défense. »

4° L'épichérême est un véritable syllogisme dont chacune des deux premières propositions a sa preuve avec elle. Exemple :

« On a droit de tuer un injuste agresseur; non-seule- « ment la loi naturelle le permet, mais elle nous en fait en- « core un devoir; et, de plus, les lois civiles nous le per- « mettent tacitement, puisqu'elles autorisent le port d'armes « et les escortes, qui seraient inutiles s'il ne nous était pas

« permis de nous en servir pour notre défense. Or, Clodius
« était agresseur injuste, comme cela est prouvé par son
« intérêt, par son caractère, par ses discours, et surtout
« par les moyens qu'il avait préparés pour réussir dans son
« projet; donc, etc. »

Le raisonnement de l'orateur doit avoir autant de force
et de justesse que celui du logicien, mais il ne doit pas se
montrer aussi à découvert. La forme logique a quelque chose
de trop sec, de trop monotone; il faut la varier, la déguiser
par le style, et surtout par des mouvements quand le sujet
en est susceptible; et c'est ce qu'on peut voir dans la *Milonienne*, lorsque, par l'analyse, on sépare ce qui est essentiel à la preuve de ce qui y est ajouté pour la faire valoir.

Quant au style de la confirmation, chaque genre de discours en a un qui lui est propre, chaque discours, en outre,
en a un qui convient à son sujet, enfin, chaque partie de la
confirmation doit être traitée, l'une avec force, l'autre avec
clarté; ici ce sont des ornements, là des mouvements doux,
impétueux, élevés, nuancés enfin selon que le sujet ou le
bien de la cause l'exige. C'est le goût seul qui décide.

RÉFUTATION.

Qu'est-ce que la réfutation? Est-elle nécessaire? Est-elle
différente de la confirmation? Quelle est sa place, sa manière, son style?

La réfutation a pour objet de détruire les préventions ou
les objections qui s'élèvent contre la vérité que l'orateur a

à établir. La réfutation est nécessaire. La plupart des sujets que l'orateur traite n'étant pas susceptibles d'évidence, les opinions pouvant être partagées sur des preuves qui n'ont pour elles que la probabilité, dans le genre judiciaire surtout, l'orateur étant en présence d'un adversaire, on sent qu'il doit être aussi occupé du soin de détruire ce qui lui est contraire que d'établir les raisons qui sont en sa faveur. Il y a même plus; on regarde généralement la réfutation comme beaucoup plus difficile que la confirmation. En effet, celui qui a parlé le premier a obtenu par là même un grand avantage; il s'est emparé des esprits, et il est difficile d'effacer cette première impression; aussi, disent les rhéteurs, il ne faut que des talents médiocres pour accuser, et il n'y a que les grands orateurs qui excellent dans la défense.

Il peut être assez indifférent de regarder la réfutation comme une partie distincte, ou de la comprendre sous le nom général de confirmation. Cependant elle a quelques caractères qui semblent exiger qu'on l'en sépare. L'essentiel est de bien marquer ces caractères.

La réfutation n'a pas de place fixe dans le discours. On la trouve tantôt avant, tantôt après la preuve, quelquefois confondue avec elle; c'est le bien de la cause qui détermine ces différentes positions. Il y a une espèce de réfutation qui doit précéder la preuve; c'est, comme dans la *Milonienne*, lorsque l'esprit de l'auditeur ou du juge est saisi de quelque prévention qui l'empêcherait de recevoir la preuve de la manière convenable au succès de la cause. C'est encore lorsque le discours de celui qui a parlé précédemment, comme dans le genre délibératif, a été fort en raisons; alors il faut réfuter cette opinion avant d'en proposer une autre. On renverra sans danger la réfutation après la preuve, si les raisons de l'adversaire n'ont pas produit un grand effet. Enfin, la réfutation sera semée dans la confirmation, lorsque l'orateur pourra gagner quelque chose à rapprocher les objections de l'adversaire des différents moyens par lesquels il établit lui-même sa preuve. On a, dans la *Milonienne*, des exemples de ces différentes manières. Quelquefois l'orateur va au-devant d'une objection qu'on ne manquera pas de lui faire, et alors il la réfute avec plus d'avantage, et il ôte à l'adversaire une partie de ses moyens.

Dans la réfutation, on emploie l'argumentation, qui doit être plus vive et plus serrée que dans la preuve. On suit une marche différente de celle qu'a suivie l'adversaire qu'on réfute. Celui-ci avait amplifié, accumulé, réuni les moyens faibles pour leur donner plus de force par le nombre; en réfutant, on réduit les choses à leur juste valeur, on les dépouille des ornements et des mouvements qui leur donnaient une force apparente; on divise, on sépare les circonstances qui faisaient une espèce de corps par leur réunion; enfin, quant au style, en général, il doit être plus vif, plus serré, aiguisé quelquefois par quelqu'une de ces plaisanteries ou fines ou piquantes qui produisent souvent plus d'effet que les meilleures preuves.

PÉRORAISON.

Le mot indique que ce qui est la matière de la péroraison doit être recueilli dans le reste du discours. La péroraison est donc cette partie intéressante et décisive où l'orateur fait les derniers efforts pour achever de convaincre l'esprit ou de déterminer la volonté. De là, deux sortes de péroraisons, l'une en choses, l'autre en mouvement; quelquefois même les deux moyens sont réunis dans une même péroraison.

La péroraison doit être en choses ou en récapitulation, lorsque le discours a été en preuves assez détaillées pour que l'orateur ait besoin d'en remettre le précis sous les yeux du juge ou de l'auditeur. Cette récapitulation ne doit être ni longue ni froide, mais animée et précise, de manière qu'elle laisse une vive et forte impression.

Mais ce n'est pas seulement à la fin du discours qu'il est nécessaire de faire des récapitulations; quand la cause est longue et compliquée, on trouve souvent à la fin des grandes parties un résumé qui rappelle en gros les moyens qu'on a fait valoir; nous en avons un exemple dans la *Milonienne*.

La péroraison est en mouvements, quand le but du discours a été de déterminer la volonté plutôt que de convaincre l'esprit; ou bien encore quand l'esprit n'étant pas suffisamment convaincu, l'orateur essaye d'arracher à la sensibilité ce qu'il n'a pu obtenir de la force des preuves. Pour employer la péroraison par mouvements, il faut qu'il y en ait eu de répandus dans le reste du discours; alors l'art de l'orateur, dans la péroraison, est de les réunir, de les présenter avec une force qui entraîne; c'est alors, dit Quintilien, qu'il faut porter le coup décisif, qu'il faut frapper de toutes parts l'âme déjà ébranlée. Mais il ne suffit pas de frapper fort, il faut surtout frapper juste, surtout ne pas épuiser les mouvements, mais, quand on a conduit l'auditeur au plus haut degré de l'émotion ou d'attendrissement, l'abandonner à cette impression.

La péroraison de la *Milonienne* est un exemple admirable de l'emploi des passions; si on la trouvait longue, il faudrait se rappeler la circonstance embarrassante où se trouvait l'orateur.

La péroraison de l'oraison funèbre du grand Condé par Bossuet est unique en ce genre; elle est presque autant en récapitulation qu'en mouvements.

Questions.

Qu'est-ce que la disposition oratoire? — Dans quelle partie du discours les mœurs et les bienséances doivent-elles avoir une expression plus saillante? — Par quoi est indiquée la place des différents matériaux? — Où se placent, dans le discours, les preuves, les arguments? — Quelles sont les parties essentielles du discours? — Quelles sont celles moins importantes? — Qu'est-ce que l'exorde? — Son but? — L'exorde est-il nécessaire? — Quelles sont ses qualités? — Ses diverses espèces? — Comment se lie-t-il au reste du discours? — Qu'est-ce que l'exorde *simple?* — Celui *par insinuation?* — Quand emploie-t-on l'exorde *pompeux?* — L'exorde *véhément?* — Qu'est-ce que la *proposition?* — La *narration?* — Combien de sortes de narrations? — Quel est le caractère principal de la narration historique? — Définissez la narration judiciaire. — Dites les qualités de la narration judiciaire. — Quelle doit être l'étendue de la narration? — La narration est-elle indispensable? — Définissez la *confirmation*. — A quoi doit songer l'orateur dans la confirmation? — Tous les moyens sont-ils bons à employer? — Quels moyens doit-on préférer? — Dans quel ordre doit-on les placer? — Quelles sont les principales formes de l'argumentation? — Qu'est ce que le syllogisme? — L'enthymème? — Le dilemme? — L'épichérême? — Donnez des exemples. — Qu'a pour objet la réfutation? — Est-elle indispensable? — Diffère-t-elle de la confirmation? — Quelle est sa place? — Sa forme? — Son style? — Qu'entendez-vous par *Péroraison*? — Combien de sortes? etc., etc.

ÉLOCUTION.

Élocution. — Style; différentes sortes de style. — Style simple. — Style tempéré. — Style élevé. — Figures. — Nombre, etc., etc.

C'est l'Élocution qui constitue proprement l'éloquence qui en a tiré son nom. L'invention ne suppose qu'un jugement ordinaire; l'art qu'exige la disposition est à la portée de tous, et d'ailleurs ces deux parties se rapportent à l'utilité de la cause; mais l'élocution tourne à la gloire de l'orateur; c'est par elle qu'il triomphe et entraîne la multitude même. L'admiration qu'elle commande n'est pas l'effet d'un goût réfléchi qui connaît les règles, mais l'éruption subite et involontaire de l'âme ravie et jetée hors d'elle-même. Telle est l'idée que Cicéron et Quintilien nous donnent de l'élocution. L'orateur peut avoir à parler dans trois genres différents. Chaque genre a des sujets extrêmement variés, et dans chaque discours il y a plusieurs parties dont chacune a ses tableaux et ses pensées. L'élocution, qui n'est que la convenance du discours avec le sujet, de l'expression avec la pensée, doit donc avoir un tour, une couleur dominante pour chaque genre, et de plus quelque chose de propre à chaque partie et à chaque pensée. Celui-là seul est éloquent, dit Cicéron, qui sait donner à chaque sujet la couleur qui lui convient. On a vu assez d'orateurs se distinguer dans un de ces genres, aucun ou presque aucun qui en ait présenté l'heureuse réunion, tant il est difficile, surtout en éloquence, d'atteindre à la perfection ou même d'en approcher.

Pour traiter exactement de l'élocution, il faut la considérer 1° dans le style, 2° dans les figures, 3° dans le nombre.

STYLE.

Littéralement, le style est l'instrument dont les anciens se servaient pour écrire; au figuré, c'est la manière propre à un écrivain : le style de Cicéron, de Tacite. On sait que tout homme a une manière de penser ou de s'exprimer qui tient au tour particulier de son esprit, à son caractère; c'est ce qui, dans le même genre, distingue un poëte, un orateur, un historien d'un autre. De plus, il y a toutes les différences et toutes les variétés du style qui viennent du sujet; on les a rangées sous trois divisions générales qui sont relatives à l'effet que l'orateur veut produire.

D'abord il y a des sujets peu relevés, ordinaires, communs; alors il s'agit seulement de présenter la pensée ou le raisonnement avec la clarté et l'ordre les plus propres à instruire et à convaincre des esprits qui ne sont occupés d'aucune prévention. Pour cela, l'orateur n'a besoin ni d'art, ni d'efforts, ni d'ornements recherchés, ni de mouvements. Il suffit que l'expression soit juste, aisée, naturelle. C'est ce qu'on appelle *style simple*.

Mais il y a des discours et des circonstances où l'orateur doit s'attacher particulièrement à plaire. Ici l'art est nécessaire et peut se montrer. Des pensées ingénieuses, des images vives, douces, gracieuses, brillantes, exigent des expressions plus recherchées, des tours neufs et piquants, des ornements plus variés. Ce style a été nommé *médiocre*, *tempéré* ou *fleuri*.

Enfin il y a un style *sublime* ou *pathétique* ; c'est lorsque, dans un sujet grand ou touchant, l'orateur emploie les expressions et les figures propres à la noblesse des pensées, à la hardiesse des images, à la force des passions.

Ces différences générales entre les trois styles sont déterminées par la différence des pensées, et cela doit être, puisque le discours n'en est que l'expression ; c'est ce qu'on nomme *convenance du style*.

Deux qualités sont nécessaires à tout style : *la clarté* et *la pureté*.

La clarté suppose d'abord que les idées soient nettes et distinctes dans l'esprit ; *ce que l'on conçoit bien s'énonce aisément*, a dit Boileau. Elle résulte en second lieu d'une liaison aisée et naturelle qui développe toutes les parties de la pensée et les présente dans un ordre que l'auditeur peut suivre aisément. A la clarté sont opposées les expressions

3

louches, équivoques, les constructions embrouillées, les phrases chargées de mots inutiles.

La pureté du style résulte 1° de la correction grammaticale, qui consiste à se conformer strictement aux principes de la langue; 2° de la connaissance du bon usage, et le bon usage est celui des hommes cultivés, des écrivains dont les chefs-d'œuvre ont fixé la langue dans le siècle de la belle littérature. Il ne faut pas confondre la pureté avec le *purisme*, qui, par des scrupules minutieux, jette le style dans la sécheresse et dans la contrainte. Un autre écueil non moins dangereux, c'est le *néologisme*, qui surcharge la langue d'une abondance stérile de mots nouveaux. Pour introduire un mot nouveau, il faut qu'il soit nécessaire, tiré d'une source pure, formé d'une manière analogue au génie de la langue, enfin adopté par l'usage. Les sciences ont plus de liberté à cet égard; à chaque instant elles ont besoin de nouveaux mots techniques. Mais en littérature, la langue que nos grands poëtes et nos bons orateurs ont trouvée si riche, peut facilement se passer d'acquisition nouvelle.

STYLE SIMPLE.

Il y a des sujets où les idées se présentent comme d'elles-mêmes sans effort. L'imagination n'a presque rien à faire, elle n'est pas frappée vivement, on voit les choses comme elles sont et on les rend comme on les voit; c'est la vérité de la nature, et l'expression n'est alors qu'une glace fidèle qui représente trait pour trait l'image qu'elle a reçue; en cherchant à l'embellir, on la gâterait. Voici les principaux caractères par lesquels Cicéron distingue ce genre des deux autres. Le style simple est celui qui, soit dans les pensées, soit dans les mots, soit dans les tours, n'a rien qui ne paraisse commun, ordinaire et facile; il n'a ni élévation, ni éclat, ni richesse. Sans fard, sans parure recherchée, il n'a que les grâces naïves de la nature, cette négligence aimable qui ne court pas après les ornements étrangers, mais qui emploie sans prétention ceux qui se présentent. Dans les deux autres genres, on voit ce qui produit l'effet qu'on éprouve; ici, on est attiré, attaché sans savoir pourquoi. Cependant, si l'on veut examiner attentivement les morceaux de ce genre, on trouvera que les pensées sont simples, naturelles, fines sans être trop ingénieuses; toujours l'expression est pure, juste, claire; quelques métaphores, mais de celles qui se présentent d'elles-mêmes dans le langage ordinaire; dans le tour des phrases, quelque chose de piquant, mais sans affectation; dans l'arrangement des mots, une négligence qui annonce qu'on est plus occupé de la pensée que de la manière de la rendre; point d'harmonie qui flatte l'oreille, point de nombre qui enchaîne régulièrement les membres et qui frappe par des tours symétriques; partout une marche dégagée, sans contrainte, libre, mais sans licence.

Mais si le style simple exclut les figures qui ont trop de véhémence ou d'éclat, il admet les ornements légers, les mouvements doux, les plaisanteries fines, les saillies qui

3.

piquent et soutiennent l'attention; principalement dans les récits qui, sans cette ressource, seraient froids et languissants. A l'occasion de la plaisanterie, il n'y a rien si difficile que de manier cette arme. La plaisanterie (sel léger qui ne doit être ni fade ni trop piquant) doit être rare, placée à propos, fine plus encore que mordante, également éloignée de la plate bonhomie qui est contraire au bon goût, des allusions qui choquent la délicatesse ou les mœurs, et de la satire amère qui vient de la méchanceté du cœur.

STYLE TEMPÉRÉ.

Le style tempéré ou médiocre est entre le simple et celui qu'on appelle élevé ou véhément.

Plus soigné que le premier, dont il n'a pas la marche libre et la négligence, moins fort et moins abondant que le dernier, dont il ne doit pas avoir la magnificence ou l'impétuosité, il participe des deux, il s'en rapproche, ou, pour mieux dire, il en est également éloigné. Son caractère distinctif est une facilité toujours égale et soutenue. Dans ce genre, les pensées sont ingénieuses, vives, brillantes; la diction ornée et fleurie. L'orateur doit y montrer plus de grâce que de force, plus d'art que de nature; tout annonce qu'il veut plaire plutôt qu'éclairer l'esprit et toucher le cœur. Aussi ce genre abonde en descriptions, en parallèles; les pensées y sont relevées par les contrastes, les idées communes embellies par l'expression, l'oreille flattée par l'harmonie.

Les deux autres genres ont des bornes fixes et qu'il est

aisé de reconnaître. Le beau simple consiste en un point au-dessous duquel on tombe dans le trivial ; le sublime ou pathétique ne peut pas être confondu avec le doux et le gracieux ; mais le style tempéré a une infinité de nuances par lesquelles il s'approche plus ou moins des deux autres, et par là même il offre plus de facilité pour le succès. Aussi les erreurs y sont plus fréquentes et plus dangereuses ; il est aisé de prendre la profusion pour la richesse, un vain luxe de mots pour l'abondance des idées. La recherche, l'affectation, une froide symétrie sont des défauts ordinaires dans ce genre qui est à la portée des esprits médiocres, et c'est par là que la corruption a commencé à s'introduire dans la littérature.

STYLE ÉLEVÉ.

C'est dans ce genre que Cicéron fait consister l'éloquence tout entière, le pouvoir victorieux et irrésistible qui subjugue l'esprit et commande à la volonté. Bien différente de cette diction ornée et fleurie qui parle à l'oreille et à l'âme, à l'accent du plaisir qui gagne doucement les suffrages ou les surprend par d'ingénieux détours, l'éloquence dont nous parlons brille comme l'éclair, frappe comme la foudre ; c'est un torrent qui entraîne tout ce qui s'oppose à son passage.

Quelque supérieur que ce genre soit aux deux autres, il ne peut cependant s'en passer ; l'essor que l'orateur y prend est trop élevé pour qu'il se soutienne longtemps à cette hauteur, et les secousses violentes qu'il donne à l'auditeur exigent quelque relâche. Il faut donc qu'il sache tempérer la force de ce genre par la simplicité et la douceur des deux autres. Car s'il entasse sans choix les pensées, les images, les mouvements; si, par des préparations adroites, par des gradations ménagées, il ne sait pas amener les tableaux frappants, les mouvements décisifs qui doivent porter le dernier coup à l'âme ébranlée, il n'est plus qu'un furieux et un insensé, dont l'auditeur de sang-froid ne peut partager l'ivresse et le délire : *Bacchari vinolentus inter sobrios videtur*. Ce genre se reconnaît, d'un côté, à la grandeur des images, à la noblesse des pensées, à la force et à la rapidité des mouvements; de l'autre, à la pompe de l'expression, à la hardiesse des figures, à la richesse des nombres. Tous ces caractères appartiennent au style élevé, quoiqu'ils ne se trouvent pas tous chez le même orateur ou dans le même discours. En effet, dit Cicéron, quelques orateurs, entraînés par la pensée qui les presse, négligent de s'asservir au nombre; leur style serré et précis, quelquefois dur et inégal, roule avec rapidité; d'autres, majestueux et abondants, dominés par une imagination riche et féconde, étendent et finissent plus leurs tableaux. Ceux-ci, graves et austères, dédaignent les ornements et n'estiment que cette éloquence mâle dont il leur semble que les grâces énerveraient la vigueur; ceux-là, sententieux, énergiques et profonds, sont avares de mots et peignent d'un seul trait. Tous ont leur mérite, tous offrent quelques traits de cette véritable éloquence qui n'est entière et parfaite chez aucun, mais dont on peut former un modèle idéal en réunissant ces caractères épars dans plusieurs. En traitant de ce genre, les rhéteurs le divisent ordinairement en style sublime et en style pathétique; selon eux, il y a quatre sortes de sublime : de pensées, d'images, de sentiment, d'expression. La pensée est sublime lorsqu'elle frappe l'esprit par sa grandeur, par sa noblesse. Bossuet abonde en pensées sublimes.

« Celui qui règne dans les cieux, et de qui relèvent tous
« les empires, à qui seul appartient la gloire, la majesté
« et l'indépendance, est aussi le seul qui se glorifie de faire
« la loi aux rois, et de leur donner, quand il lui plaît, de
« grandes et de terribles leçons. Soit qu'il élève les trônes,
« soit qu'il les abaisse, soit qu'il communique sa puissance
« aux princes, soit qu'il la retire à lui-même, et ne leur
« laisse que leur propre faiblesse, il leur apprend leurs de-
« voirs d'une manière souveraine et digne de lui. Car, en
« leur donnant sa puissance, il leur commande d'en user
« comme il fait lui-même pour le bien du monde; et il leur
« fait voir, en la retirant, que toute leur majesté est em-
« pruntée, et que pour être assis sur le trône, ils n'en sont
« pas moins sous sa main et sous son autorité suprême.
« C'est ainsi qu'il instruit les princes, non-seulement par des
« discours et par des paroles, mais encore par des exemples.
« *Et nunc, reges, intelligite; erudimini, qui judicatis*
« *terram.* »

Dans cet exorde, Bossuet est grand, mais juste et naturel; on sent qu'il s'élève sans effort.

L'image est sublime quand elle étonne par sa hardiesse, par sa nouveauté. «L'homme juste, immobile au milieu des ruines de sa patrie,» est une image forte, neuve et hardie :

> Si fractus illabatur orbis,
> Impavidum ferient ruinæ.　　　　　　HORACE.

« Des bataillons semblables à des tours, mais à des tours « qui sauraient réparer leurs brèches, » dans Bossuet; dans Fléchier : « Le foudre qui fume encore auprès du corps « qu'elle a frappé, » sont des images fortes et sublimes.

Le sentiment est sublime, lorsqu'il part d'une âme saisie de quelque passion forte, de courage, de générosité, de constance, au-dessus du vulgaire, mais cependant pas hors de la nature : tel est dans Corneille le *qu'il mourût* du père d'Horace, ou le *moi* de Médée. Le sentiment et quelquefois la pensée sont sublimes, et l'expression simple, comme dans Racine :

> « Celui qui met un frein à la fureur des flots,
> « Sait aussi des méchants arrêter les complots.
> « Soumis avec respect à sa volonté sainte,
> « Je crains Dieu, cher Abner, et n'ai point d'autre crainte. »
>
> 　　　　　　　　　　　　(*Athalie.*)

Mais quand les pensées et les images se soutiennent long-temps à une certaine hauteur, il faut aussi que les mots, les figures et les tours aient une force, une richesse, une dignité qui répondent à la grandeur des idées; et c'est en cela qu'on fait consister le sublime d'expression. Il est inutile de dire que des pensées ordinaires ou des images communes exprimées en mots pompeux, ne seraient qu'une emphase ridicule. Également, il ne doit rien y avoir de forcé et d'outré dans la pensée et dans le sentiment.

Il faut observer aussi que quelques traits de sublime semés çà et là ne font pas ce qu'on appelle le sublime.

Quant au pathétique, on en distingue de deux sortes : l'un plus véhément agite l'âme par des secousses violentes, l'enflamme d'indignation, de colère, de vengeance, la jette dans le trouble, l'effroi, la terreur. L'autre touche et attendrit, il cause une émotion douce et pénible tout ensemble. Il arrache des larmes, et si quelquefois il déchire l'âme, on aime cette douleur.

La péroraison de la *Milonienne* offre un exemple de pathétique tantôt tendre, tantôt véhément :

« Pour moi, juges, mon cœur se déchire, mon âme est
« pénétrée d'une douleur mortelle, lorsque j'entends ces pa-
« roles que chaque jour Milon répète devant moi : « Adieu,
« dit-il, adieu, mes chers concitoyens, adieu ; qu'ils vivent
« en paix ; qu'ils soient heureux ; que tous leurs vœux
« soient exaucés ; qu'elle se maintienne, cette ville illus-
« tre, cette patrie qui me sera toujours chère, quelque
« traitement que j'en éprouve ; que mes concitoyens jouissent
« sans moi d'un repos qu'ils me doivent, puisque je n'en peux
« jouir avec eux. Je partirai, je m'éloignerai : si je ne puis
« partager le bonheur de Rome, je n'aurai pas du moins le
« spectacle de ses maux ; et dès que j'aurai trouvé une cité
« où les lois et la liberté soient respectées, c'est là que je

« fixerai mon séjour. O vains travaux! poursuit-il, ô
« trompeuses espérances! ô projets inutiles! Lorsque, pen-
« dant mon tribunat, voyant la république opprimée, je
« me dévouai tout entier au sénat expirant, aux chevaliers
« romains dénués de force et de pouvoir, aux gens de bien
« asservis par la faction armée de Clodius, pouvais-je penser
« que je me verrais un jour abandonné des bons citoyens?
« Et toi (car il s'adresse souvent à moi), lorsque je te ren-
« dais à ta patrie, devais-je m'attendre à ne pas trouver
« un asile dans cette même patrie? Qu'est devenu ce sénat
« à qui nous avons été constamment attachés? Ces cheva-
« liers, ces chevaliers, dis-je, si dévoués à tes intérêts? ce
« zèle des villes municipales? ces acclamations de l'Italie?
« Qu'est devenue enfin, ô Cicéron, cette voix, cette élo-
« quence, qui a été pour tant d'autres un si utile secours?
« Est-elle impuissante pour moi seul, qui tant de fois ai bravé
« la mort pour toi? »

« Et ces paroles, juges, il ne les prononce pas en ver-
« sant des larmes, comme je fais, mais avec cet air calme
« que vous lui voyez. Il ne convient point d'avoir servi
« des citoyens ingrats; seulement il avoue qu'ils sont faibles,
« etc. »

Et plus loin :

« Milon n'est point ému de ces larmes, il est d'une in-
« croyable fermeté. Il ne voit l'exil que là où la vertu ne
« peut être; la mort lui paraît le terme de la vie, et non
« pas une punition. Qu'il garde donc ce grand caractère que

« la nature lui a donné. Mais vous, juges, quels seront vos
« sentiments? Conserverez-vous le souvenir de Milon, et
« lui-même, le bannirez-vous? Se trouvera-t-il dans l'uni-
« vers un lieu qui soit plus digne de posséder cet homme
« vertueux que le pays qui l'a vu naître? C'est vous, vous
« que j'implore, hommes généreux qui avez tant de fois
« versé votre sang pour la république; centurions, et vous,
« soldats, c'est à vous que je m'adresse dans les dangers
« d'un homme courageux, d'un citoyen invincible. Pourra-
« t-on, je ne dis pas sous vos yeux, mais lorsque vos armes
« protégent ce tribunal, repousser, bannir, rejeter loin de
« Rome ce modèle de magnanimité? Malheureux! infortuné
« que je suis! c'est par le secours de ces juges, ô Milon!
« que tu as pu me rappeler dans ma patrie; et je ne pour-
« rai, par leur secours, t'y maintenir toi-même! Que ré-
« pondrai-je à mes enfants, qui te regardent comme un se-
« cond père? O Quintus! ô mon frère! absent aujourd'hui,
« alors compagnon de mes infortunes, que te dirai-je? que
« je n'ai pu obtenir le salut de Milon de ceux mêmes qui
« l'aidèrent à opérer le nôtre? Et dans quelle cause aurai-je
« échoué? dans une cause qui excite un intérêt universel.
« Auprès de qui? auprès des hommes à qui la mort de Clo-
« dius est le plus utile. Qui les sollicitait? moi-même. Quel
« si grand crime ai-je donc commis, juges? De quel forfait
« si horrible me suis-je donc rendu coupable, lorsque j'ai
« pénétré, découvert, dévoilé, étouffé cette conjuration qui
« menaçait l'État tout entier? Telle est la source des maux

« qui tombent sur moi et sur tous les miens. Pourquoi
« avez-vous permis mon retour? Est-ce pour bannir sous
« mes yeux ceux mêmes qui m'ont rétabli, si les citoyens
« auxquels je dois mon rappel sont arrachés de mes bras ? »

Les harangues des historiens, les Verrines de Cicéron,
offrent une multitude d'exemples de pathétique véhément.
Les exemples suivants peuvent être cités comme modèles
du pathétique doux :

DISCOURS

DE PACUVIUS A SON FILS QUI VEUT ASSASSINER ANNIBAL.

L'entrée qui tient lieu d'exorde est vive et touchante :

« Mon fils, je vous prie et je vous conjure par tous les
« droits les plus sacrés de la nature et du sang, de ne point
« entreprendre, de ne point commettre sous les yeux de vo-
« tre père, une action également criminelle en elle-même,
« et funeste par les suites qu'elle aura pour vous.

« Il n'y a que peu de moments que nous nous sommes
« liés par les serments les plus solennels, que nous avons
« donné à Annibal les marques les plus saintes d'une ami-
« tié inviolable; et, sortis à peine de cet entretien, nous
« armerions contre lui cette main même que nous lui avons
« présentée pour gage de notre fidélité! Cette table où pré-
« sident les dieux vengeurs de l'hospitalité, où vous avez
« été admis par une faveur que deux seuls Campaniens par-
« tagent avec vous, vous ne la quitteriez, cette table sacrée,

« que pour la souiller un moment après du sang de votre
« hôte! Hélas! après avoir obtenu d'Annibal la grâce de
« mon fils, ne pourrais-je point obtenir de mon fils celle
« d'Annibal?

« Mais ne respectons rien, j'y consens, de tout ce qu'il y
« a de plus sacré parmi les hommes; violons tout ensemble
« la foi, la religion, la piété; rendons-nous coupables de
« l'action du monde la plus noire, si notre perte ne se trouve
« pas ici infailliblement jointe avec le crime. Seul, vous
« prétendez attaquer Annibal? Mais cette foule d'hommes
« libres et d'esclaves qui l'environnent; tous ces yeux atta-
« chés sur lui pour veiller sans cesse à sa sûreté; tant de
« bras toujours prêts à s'employer à sa défense, espérez-
« vous qu'ils demeurent glacés et immobiles, au moment
« où vous vous porterez à cet excès de fureur? soutiendrez-
« vous le regard d'Annibal, ce regard redoutable que ne
« peuvent soutenir les armées entières et qui fait trembler
« le peuple romain? et quand même tout autre secours lui
« manquerait, auriez-vous le courage de me frapper moi-
« même, lorsque je le couvrirai de mon corps, et que je
« me présenterai entre lui et vos coups? Car, je vous le dé-
« clare, ce n'est qu'en me perçant le flanc que vous pourrez
« aller jusqu'à lui.

« Laissez-vous fléchir en ce moment, plutôt que de vou-
« loir périr dans une entreprise si mal concertée. Souffrez
« que mes prières aient sur vous quelque pouvoir, après
« qu'elles ont été aujourd'hui si puissantes en votre faveur.»

PÉRORAISON DE LA VIE D'AGRICOLA,

Par Tacite.

« S'il est un lieu réservé aux mânes des hommes ver-
« tueux ; si, comme les sages s'en flattent, les grandes âmes
« ne s'éteignent pas avec les corps, repose en paix, Agri-
« cola..... et nous, tes enfants, ta famille entière, rappelle-
« nous de la faiblesse de nos regrets, de la pusillanimité
« de nos lamentations, à la contemplation de tes vertus,
« auxquelles ne conviennent ni les pleurs ni les gémisse-
« ments. C'est par l'admiration, plutôt que par des louanges
« passagères, et, si notre faiblesse nous le permet, c'est
« surtout par l'imitation de tes vertus que nous devons
« t'honorer. Voilà les vrais hommages, voilà le sincère
« amour que tu as droit d'attendre de tes parents. Aussi,
« recommanderai-je à ta fille, ainsi qu'à ton épouse, de ré-
« vérer la mémoire de son père, d'un époux, en méditant
« sans cesse ses actions et ses paroles, en embrassant ta
« gloire et l'image de ton âme plutôt que celle de ton corps :
« non que je pense qu'il faille proscrire les statues de mar-
« bre et d'airain ; mais ces simulacres sont frêles et péris-
« sables, comme les traits des hommes qu'ils représentent :
« ils sont seuls éternels les traits de l'âme, que nul art, nulle
« matière ne peut exprimer, mais qu'on peut retracer dans
« ses mœurs. Tout ce que nous avons aimé d'Agricola, tout
« ce que nous en avons admiré, reste et restera dans la mé-
« moire des hommes, dans l'éternité des siècles, par le récit

« de ses grandes actions. Plusieurs anciens, tels que des
« hommes sans nom et sans gloire, seront ensevelis dans
« l'oubli : Agricola, peint par l'histoire, livré par elle à la
« postérité, ne mourra point. »

MORT DE TURENNE,

Par Fléchier.

« Hélas! nous savions tout ce que nous pouvions espérer,
« et nous ne pensions pas à ce que nous devions craindre.
« La providence divine nous cachait un malheur plus grand
« que la perte d'une bataille. Il en devait coûter une vie que
« chacun de nous eût voulu racheter de la sienne propre;
« et tout ce que nous pouvions gagner ne valait pas ce que
« nous allions perdre. O Dieu terrible, mais juste en vos
« conseils sur les enfants des hommes, vous disposez et des
« vainqueurs et des victoires! Pour accomplir vos volontés
« et faire craindre vos jugements, votre puissance renverse
« ceux que votre puissance avait élevés. Vous immolez à
« votre souveraine grandeur de grandes victimes, et vous
« frappez, quand il vous plaît, ces têtes illustres que vous
« avez tant de fois couronnées.

« N'attendez pas, Messieurs, que j'ouvre ici une scène
« tragique; que je représente ce grand homme étendu sur
« ses propres trophées, que je découvre ce corps pâle et
« sanglant, auprès duquel fume encore le foudre qui l'a
« frappé; que je fasse crier son sang comme celui d'Abel,

« et que j'expose à vos yeux les tristes images de la Religion
« et de la Patrie éplorées. Dans les pertes médiocres, on
« surprend ainsi la pitié des auditeurs; et par des mouve-
« ments étudiés, on tire au moins de leurs yeux quelques
« larmes vaines et forcées : mais on décrit sans art une
« mort qu'on pleure sans feinte. Chacun trouve en soi la
« source de sa douleur, et r'ouvre lui-même sa plaie; et le
« cœur, pour être touché, n'a pas besoin d'être ému.

« Peu s'en faut que je n'interrompe ici mon discours. Je
« me trouble, Messieurs, Turenne meurt : tout se confond,
« la fortune chancelle, la victoire se lasse, la paix s'éloigne,
« les bonnes intentions des alliés se ralentissent, le courage
« des troupes est abattu par la douleur et ranimé par la
« vengeance; tout le camp demeure immobile. Les blessés
« pensent à la perte qu'ils ont faite, et non pas aux blessures
« qu'ils ont reçues. Les pères mourants envoient leurs fils
« pleurer sur leur général mort.

« Que de soupirs alors! que de plaintes! que de louanges
« retentissent dans les villes, dans les campagnes! l'un, voyant
« croître ses moissons, bénit la mémoire de celui à qui il
« doit l'espérance de sa récolte; l'autre, qui jouit encore en
« repos de l'héritage de ses pères, souhaite une éternelle
« paix à celui qui l'a sauvé des désordres et des cruautés de
« la guerre. Ici, l'on offre le sacrifice adorable de Jésus-
« Christ pour l'âme de celui qui a sacrifié sa vie et son
« sang pour le bien public : là, on lui dresse une pompe
« funèbre, où l'on s'attendait à lui dresser un triomphe.

« Chacun choisit l'endroit qui lui paraît le plus éclatant
« dans une si belle vie. Tous entreprennent son éloge, et
« chacun, s'interrompant lui-même par ses soupirs et par
« ses larmes, admire le passé, regrette le présent, et tremble
« pour l'avenir. Ainsi tout le royaume pleure la mort de son
« défenseur; et la perte d'un seul homme est une calamité
« publique. »

Ces caractères d'après lesquels on différencie les trois
genres, nous font voir que ce n'est pas sans raison que Cicéron, et tous ceux qui ont médité sur l'art oratoire, regardent comme si difficile d'en atteindre la perfection. En
effet, outre le talent naturel qui est extrêmement rare,
outre cette multitude de connaissances variées qu'il est difficile d'acquérir, il faut une bien grande habitude de l'art de
la parole, un goût bien pur, un style bien rompu sur toutes
sortes de matières pour donner au discours tous les tons,
toutes les couleurs, toutes ces nuances légères presque im-
perceptibles, cette flexibilité enfin qui se prête sans effort à
tous les sujets, à toutes les circonstances :

> Oratio mollis et tenera et ita flexibilis
> Ut sequatur quòcumque torqueas.

DES FIGURES.

Au propre, et pour les objets physiques, on nomme figure la disposition des parties extérieures d'un corps; c'est
par elle que nous distinguons un objet d'un autre avec lequel il a d'ailleurs plus ou moins de ressemblance.

4

De même, dans le discours, certaine disposition de mots ou de pensées donne au style ou de la grâce, ou de la force, ou de la noblesse ou du mouvement. C'est cet emploi, cet arrangement des mots ou des pensées que nous appelons *figures.*

La nécessité des figures dans le discours est fondée sur la différence des pensées dont il se compose, ou des mouvements qu'il veut produire; il y a des pensées fines, ingénieuses; il y en a de grandes, de nobles et d'élevées. Quelques images sont fortes et hardies, d'autres riantes et gracieuses; enfin, il y a des affections douces, il y a des passions véhémentes. La nature seule, sans que nous connaissions encore les règles, nous porte déjà à choisir et même elle nous suggère l'expression, le tour, les constructions analogues à l'idée que nous voulons rendre et au sentiment que nous éprouvons; et il est de fait que le langage ordinaire devient à chaque instant figures. Il était facile de remarquer l'effet de ce langage, de le perfectionner et d'en faire une source abondante de beautés. L'art dans cette partie consiste à partager le discours en un certain nombre de tableaux, qui d'un côté diffèrent par les traits ou les figures qui les caractérisent, et qui de l'autre doivent être liés pour produire un effet général et commun. C'est par là qu'il y a unité dans l'ensemble, distinction et variété dans les parties; de là il suit que pour bien entendre cette partie importante de l'élocution, ce n'est pas assez de reconnaître et de définir chaque figure prise séparément, il faut surtout les considérer réunies dans un même tableau, et remarquer en quoi chacune contribue à l'effet total.

Division des Figures.

Il y a, disent les rhéteurs, des figures de mots et des figures de pensées : on les appelle ainsi, parce que dans les premières la figure disparaît quand on change le mot, tandis que, malgré ce changement, la figure subsiste dans les autres; quelques-uns aussi divisent les figures par rapport aux trois fonctions : instruire, plaire, émouvoir. Cette division est plus spécieuse que réelle, la même figure est propre aux trois effets, seulement elle est traitée d'une manière différente. Il est plus simple de parler d'abord des tropes, ensuite des figures de mots ou de pensées, en suivant la marche progressive du discours.

Tropes.

Le mot trope vient du grec. Il y a trope toutes les fois qu'un mot passe de sa signification propre et littérale à une autre qui ne lui convient qu'en vertu de quelque ressemblance. Les principaux tropes sont : 1° la Catachrèse, qui se fait par imitation, par extension ou par abus (1); 2° la Métonymie, qui prend la cause pour l'effet et réciproquement; le signe pour la chose signifiée, le contenant pour le con-

---

(1) C'est par catachrèse que l'on dit : *Un cheval ferré d'argent, une feuille de papier, les branches de l'administration.*

4.

tenu (1); 3° la Synecdocque, qui restreint ou étend la signification, emploie le genre pour l'espèce, la partie pour le tout, la matière pour la chose (2); 4° l'Antonomase, qui applique un nom commun à un individu, un nom propre à plusieurs (3); 5° la Métaphore, *translatio*; c'est le principal et le plus commun des tropes; alors qu'elle a le plus de hardiesse, elle doit toujours être juste, naturelle et pas tirée de trop loin (4);

---

(1) Voici quelques exemples :

. . . . Quand debout sur le faîte,
Elle vit le *bûcher* qui l'allait dévorer. C. DELAVIGNE.

. . . . Sa main désespérée
M'a fait boire la *mort* dans la coupe sacrée.
Arrêtez. . . cette *coupe* était empoisonnée. MARMONTEL.

Je préférais au *luth* les accents du *clairon*.

DELRIEU, (*Artaxerce*).

Le *bûcher* est pris pour la flamme, la *mort* pour le poison, la *coupe* pour son contenu, le *luth* pour la poésie, le *clairon* pour la gloire militaire.

« Ce *plat* est pour Arlequin, disait Louis XIV, au couvert duquel le « bouffon Dominique était admis. — Votre Majesté m'adresse-t-elle aussi « les perdrix qui sont dessus? » reprit le comédien. Et il en coûta un plat d'or au monarque pour avoir parlé par métonymie.

(2) C'est ainsi que l'on dit : *Quelques printemps* pour quelques années; *le Français* pour les Français; *le fer* pour le glaive; *cent voiles* pour cent vaisseaux.

(3) Le *philosophe de Genève* pour J. J. Rousseau; un *Tibère* pour un prince fourbe et cruel.

(4) En voici quelques exemples : la *lumière de l'esprit*. — Achille est *un lion* dans les combats. — S'ennuyer de plaisir. — La Géographie et la Chronologie sont les deux *yeux* de l'Histoire.

6° l'Allégorie, qui n'est qu'une suite de métaphores et qui devient froide si elle est continuée trop longtemps.

Tous ces tropes sont si communs qu'à peine les remarque-t-on dans le discours.

Figures de Mots.

Il y a des figures grammaticales, entre lesquelles il suffit de remarquer l'ellipse, qui supprime des mots pour cause de brièveté et de rapidité (1); le pléonasme, qui en ajoute de superflus en apparence, mais qui donne réellement plus de force à la pensée (2).

On regarde aussi comme figures de mots; 1° la répétition qui se présente sous différentes formes; tantôt le même mot sera répété de suite :

« Me, me, adsum qui feci; in me convertite ferrum! »
Moi! moi!... c'est moi qui suis le coupable... tournez vos armes contre moi.
ÉNÉIDE, liv. IX.

Ou bien le même mot commencera plusieurs phrases ou les finira, comme on peut le voir dans la plupart des interrogations et des subjections; enfin, le même mot et l'idée qui commençaient et finissaient la première phrase, changent de places et sont transposés dans la seconde, comme on peut le voir par ce distique :

« Infelix Dido, nulli benè nupta marito :
« Hoc pereunte fugis, hoc fugiente peris. »

---

(1) « Je t'aimais inconstant, qu'eussé-je fait fidèle?
(2) « Je l'ai vu, dis-je, vu, de mes propres yeux vu,
« Ce qu'on appelle vu. »

Traduit par

> Didon, tes deux époux ont causé tes malheurs :
> Le premier meurt, tu fuis; le second fuit, tu meurs!

On verra la répétition paraître au nombre des figures de pensées; par exemple, dans l'énumération rapide des crimes de Clodius, la répétition des mêmes terminaisons, en frappant l'oreille des mêmes sons imprime avec plus de force la pensée.

2° La conjonction, qui exprime les particules :

> Quel carnage de toutes parts!
> On égorge à la fois les enfants, les vieillards,
> Et la sœur et le frère;
> Et la fille et la mère,
> Le fils dans les bras de son père.

3° La disjonction, qui supprime les particules :

> Français, Anglais, Lorrains, que la fureur assemble,
> Avançaient, combattaient, frappaient, mouraient ensemble.

Il est aisé de voir l'effet de ces figures; parlons des circonstances où elles sont employées. La répétition des mêmes mots ou des mêmes terminaisons frappe l'esprit de la même idée; la suppression des mots l'entraîne plus facilement. Quelquefois aussi ces figures ne sont que pour la variété ou la grâce.

Figures de Pensées.

Nous les rangeons ici dans l'ordre relatif à l'effet qu'elles produisent dans le discours, selon qu'on se propose de convaincre ou d'émouvoir.

Définition.

La définition peut être considérée comme moyen de preuve, mais elle devient une véritable figure, lorsque l'orateur, ne se contentant pas de présenter la chose par ses caractères vrais et distinctifs, la fait envisager sous l'aspect le plus convenable à son sujet. C'est dans le genre démonstratif surtout que la définition peut s'éloigner de la précision et de la vérité rigoureuse. Dans l'oraison funèbre de Turenne, Fléchier a traité cette figure de deux manières différentes. Pour relever la sagesse de son héros, l'orateur définit ainsi une armée :

« Cette sagesse était la source de tant de prospérités écla-
« tantes. Elle entretenait cette union des soldats avec leur
« chef, qui rend une armée invincible; elle répandait dans
« les troupes un esprit de force, de courage et de confiance,
« qui faisait tout souffrir, tout entreprendre dans l'exécu-
« tion de ses desseins; elle rendait enfin des hommes gros-
« siers capables de gloire, car, Messieurs, qu'est-ce qu'une
« armée? C'est un corps animé d'une infinité de passions dif-
« férentes, qu'un homme habile fait mouvoir pour la défense
« de la patrie : c'est une troupe d'hommes armés qui suivent
« aveuglément les idées d'un chef dont ils ne *savent pas*
« les intentions; c'est une multitude d'âmes pour la plupart
« viles et mercenaires, qui, sans songer à leur propre ré-
« putation, travaillent à celle des rois et des conquérants;
« c'est un assemblage confus de libertins qu'il faut assujet-

« tir à l'obéissance; de lâches qu'il faut mener au combat;
« de téméraires qu'il faut retenir; d'impatients qu'il faut
« accoutumer à la constance. Quelle prudence ne faut-il
« pas pour conduire et réunir au seul intérêt public tant
« de vues et de volontés différentes! Comment se faire
« craindre, sans se mettre en danger d'être haï, et bien
« souvent abandonné? Comment se faire aimer, sans per-
« dre un peu de l'activité, et relâcher de la discipline né-
« cessaire? »

On sent que le tableau est chargé, les difficultés exagé-
rées, le soldat sacrifié à la gloire du général; supposez que
le mémorateur soit chargé de prononcer cet éloge devant
l'armée, la définirait-il de même? non, sans doute; mais en
conservant le fond du tableau qui est vrai, la convenance
exigerait qu'il en adoucît les traits et les couleurs.

Pour second exemple, l'orateur avait à définir la valeur;
il dit d'abord ce qu'elle n'est pas pour mieux faire entendre ce qu'elle est :

« Son courage, qui n'agissait qu'avec peine dans les malheurs
« de sa patrie, sembla l'échauffer dans les guerres étran-
« gères, et l'on vit redoubler sa valeur. N'entendez pas par
« ce mot, Messieurs, une hardiesse vaine, indiscrète, em-
« portée, qui cherche le danger pour le danger même, qui
« s'expose sans fruit, et qui n'a pour but que la réputation
« et les vains applaudissements des hommes. Je parle d'une
« hardiesse sage et réglée, qui s'anime à la vue des enne-
« mis; qui, dans le péril même, pourvoit à tout et prend

« tous ses avantages, mais qui se mesure avec ses forces ;
« qui entreprend les choses difficiles, et ne tente pas les im-
« possibles ; qui n'abandonne rien au hasard de ce qui peut
« être conduit par la vertu, capable enfin de tout oser
« quand le conseil est inutile ; et prêt à mourir dans la
« victoire, ou à survivre à son malheur, en accomplissant
« ses devoirs. »

L'orateur avait une raison pour définir ainsi la valeur,
par rapport à son héros dont la prudence était une des
qualités principales. Bossuet a donné une autre définition
du courage militaire en parlant du prince de Condé, auquel
il applique cette belle image de l'Écriture : « Plus vite que
les aigles, plus courageux que les lions. »

« Il paraît en un moment comme un éclair dans les pays
« les plus éloignés ; on le voit en même temps à toutes les
« attaques, à tous les quartiers, etc., etc. »

En poésie, la définition prend des tours encore plus libres et plus hardis.

Figures d'Énumération.

L'énumération, que les rhéteurs regardent comme lieu
commun et moyen de preuve, se présente de différentes
manières, et donne lieu à plusieurs tours et figures. Elle est,
selon les sujets, rapide, brillante, pompeuse, resserrée ou
développée. Quelquefois elle accumule les faits comme en
désordre ; quelquefois elle les divise et les détaille avec méthode ; souvent elle leur donne plus de force en feignant

de les passer sous silence. Alors c'est la figure qu'on nomme *prétérition*. Voltaire l'a employée de cette manière dans la Henriade :

> « Je ne vous peindrai point le tumulte et les cris,
> « Le sang de tous côtés ruisselant dans Paris,
> « Le fils assassiné sur le corps de son père,
> « Le frère avec la sœur, la fille avec la mère;
> « Les époux expirant sous leurs toits embrasés,
> « Les enfants au berceau sur la pierre écrasés.

Fléchier relève l'illustration de la maison de Turenne, en feignant de ne pas vouloir le louer de sa naissance :

« N'attendez pas, Messieurs, que je suive la coutume des « orateurs, et que je loue M. de Turenne comme on loue « les hommes ordinaires. Si sa vie avait moins d'éclat, je « m'arrêterais sur la grandeur et la noblesse de sa maison; « et si son portrait était moins beau, je produirais ici ceux « de ses ancêtres. Mais la gloire de ses actions efface celle « de sa naissance, et la moindre louange qu'on puisse lui « donner, c'est d'être sorti de l'ancienne et illustre mai- « son de la Tour-d'Auvergne, qui a mêlé son sang à celui « des rois et des empereurs, qui a donné des maîtres à « l'Aquitaine, des princesses à toutes les cours de l'Europe, « et des reines même à la France.»

Quelquefois aussi, quand les idées sont fines et délicates, les pensées importantes et difficiles à saisir, l'orateur les pré- sente à l'esprit de différentes manières et avec des expressions qui en rendent toutes les nuances. Cette figure, en art oratoire, se nomme *exposition*.

On en voit un exemple frappant dans Bossuet :

« Mais si jamais (le prince de Condé) il parut un homme
« extraordinaire, s'il parut être éclairé et voir tranquille-
« ment toutes choses, c'est dans ces rapides moments d'où
« dépendent les victoires, et dans l'ardeur du combat. Par-
« tout ailleurs il délibère ; docile, il prête l'oreille à tous les
« conseils : ici tout se présente à la fois ; la multitude des
« objets ne le confond pas ; à l'instant le parti est pris ; il
« commande et il agit tout ensemble, et tout marche en
« concours et en sûreté..... Vous diriez qu'il y a en lui un
« autre homme, à qui sa grande âme abandonne de moin-
« dres ouvrages, où elle ne daigne se mêler. Dans le feu, dans
« le choc, dans l'ébranlement, on voit naître tout à coup je
« ne sais quoi de si net, de si posé, de si vif, de si ardent, de
« si doux, de si agréable pour les siens, de si hautain et de
« si menaçant pour les ennemis, qu'on ne sait d'où lui peut
« venir ce mélange de qualités si contraires etc., etc. »

L'Anté-occupation (*ante-occupare*, prévenir, aller au-
devant) a pour but d'atténuer l'objection en la prévenant.
Le succès de cette figure dépend, en grande partie, des
préparations qui l'amènent ; elle réussira si elle est bien placée et rapprochée des faits ou des raisonnements qui en di-
minuent la force. Les exemples en sont extrêmement fré-
quents dans les discours et les harangues. Dans Athalie,

Joad rassure, par anté-occupation, les lévites sur le succès de son entreprise :

> « L'entreprise, sans doute, est grande et périlleuse ;
> « J'attaque sur son trône une reine orgueilleuse,
> « Qui voit sous ses drapeaux marcher un corps nombreux
> « De hardis étrangers, d'infidèles Hébreux,
> « Mais ma force est en Dieu dont l'intérêt me guide, etc. »

Quelquefois l'orateur se propose l'objection sous la forme d'interrogations suivies de réponses. Ainsi rapprochée de la question la réponse a quelque chose de plus pressant.

Cicéron a employé trois fois cette figure dans la Milonienne, et toujours d'une manière différente pour l'effet. La première, pour détruire l'avantage que ses adversaires tiraient du décret de Pompée : « *Etenim Pompeius rogatione*, etc.»

« Mais, dit-on, Cn. Pompée a prononcé par sa loi sur le « fait et sur le droit; car cette loi statue sur le meurtre « commis dans la voie Appia où Clodius a péri. Eh bien ! « qu'a donc ordonné Pompée? Qu'on informât, et voilà tout. « Mais sur quoi faut-il informer? Sur le fait? il est cons-« tant. Sur l'auteur? il est connu. Pompée a donc vu que, « nonobstant l'aveu du fait, on peut se justifier par le droit.»

Ici la subjection a pour but de préciser l'état de la question en écartant ce qui est étranger.

La seconde fois il s'en sert avec finesse pour jeter le ridicule sur la torture donnée aux esclaves de Clodius. « *At* « *questiones urgent Milonem*, etc. »

« Mais on oppose à Milon les déclarations des esclaves in-

« terrogés dans le vestibule du temple de la Liberté. Quels
« sont ces esclaves? vous le demandez? ceux de Publius Clo-
« dius. Qui a voulu qu'ils fussent interrogés? Appius. Qui les
« a produits? Appius. D'où sortent-ils? de la maison d'Ap-
« pius. Grands dieux! quel excès de rigueur! aucune loi ne
« permet d'interroger les esclaves contre leurs maîtres, à
« moins qu'il s'agisse d'un sacrilége, comme dans le procès
« de Clodius. Clodius s'est bien approché des dieux; il en
« est encore plus près que lorsqu'il pénétra dans leur sanc-
« tuaire, puisqu'on informe sur sa mort, comme s'il s'agis-
« sait de la profanation des plus saints mystères. »

Enfin, elle reparaît dans la péroraison et avec la dubitation, elle produit un mouvement extrêmement pathétique. Lorsque l'orateur s'abandonnant à toute la violence
de sa douleur, s'écrie : « *Quid respondebo liberis* , etc. »

« Que répondrai-je à mes enfants qui te regardent comme
« un second père? O Quintus! ô mon frère! absent aujour-
« d'hui, alors compagnon de mes infortunes, que te dirai-je?
« que je n'ai pu fléchir en faveur de Milon, ceux qui l'ai-
« dèrent à nous sauver l'un et l'autre, etc. »

Mais si le fait qu'on oppose est vrai, que fera l'orateur?
il avouera ce qu'il ne peut nier : voilà la *concession*. Il n'y
a pas là de figure, mais il y en a une et même très-adroite
à tourner ces aveux, de manière qu'il n'en résulte rien de
défavorable pour celui qu'on défend ou dont on fait l'éloge;
à plus forte raison si cet aveu tourne à sa gloire.

Cette figure a été traitée avec une délicatesse extrême par

« Je le crois. Mais enfin, César a-t-il jamais'
« De son pouvoir sur vous appesanti le faix ? etc. »

Suspension.

C'est une figure par laquelle l'orateur, pour piquer la curiosité ou soutenir l'attention de l'auditeur, ne lui développe
sa pensée que par degrés, et lui fait attendre l'idée dont il
veut le frapper fortement. Cette figure est d'un grand effet
quand elle est bien conduite ; il ne faut pas qu'elle soit trop
longue, elle fatiguerait au lieu d'intéresser ; il faut qu'elle
soit graduée et que chaque pas approche du but qu'on doit
entrevoir, sans cependant le découvrir entièrement ; il faut,
enfin, que l'idée qui la termine réponde à l'attente de l'auditeur et ne trompe pas sa curiosité.

Dans le genre élevé elle est toujours accompagnée de la
gradation. Il y a aussi suspension dans le style périodique.
Cette figure ouvre avec dignité l'oraison funèbre de Turenne. Elle ajoute encore à la noblesse des pensées dans
l'exorde de l'oraison funèbre de la reine d'Angleterre. Dans
ce même discours elle a un tour heureux et hardi :

« Combien de fois a-t-elle en ce lieu remercié Dieu hum-
« blement de deux grandes grâces : l'une de l'avoir faite chré-
« tienne ; l'autre, Messieurs, qu'attendez-vous ? Peut-être d'a-
« voir rétabli les affaires du roi son fils ? Non : c'est de l'avoir
« faite reine malheureuse. »

Une belle suspension en poésie est celle où Auguste, instruit de la conjuration de Cinna, finit l'énumération de ses

bienfaits par ce coup accablant : « Cinna, tu t'en souviens
et veux m'assassiner. »

Réticence.

La réticence est moins fréquente chez les orateurs qu'en
poésie ; elle consiste à s'arrêter au milieu d'un récit, d'un
développement, d'un mouvement, comme si l'on voulait déguiser quelque chose à l'auditeur ; mais on ne s'arrête effectivement que quand on en a dit assez pour qu'il conçoive
et achève le reste. La réticence se rencontre dans l'apostrophe d'Athalie à Joad :

> « . . . . « Te voilà, séducteur,
> « De ligues, de complots, pernicieux auteur,
> « Qui dans le trouble seul as mis tes espérances ;
> « Éternel ennemi des suprêmes puissances !
> « En l'appui de ton Dieu tu t'étais reposé :
> « De ton espoir frivole es-tu désabusé ?
> « Il laisse en mon pouvoir et ton temple et ta vie.
> « Je devrais sur l'autel où ta main sacrifie
> « Te... Mais du prix qu'on m'offre il faut me contenter.
> « Ce que tu m'as promis songe à l'exécuter, etc. »

Dans Britannicus :

> « Et ce même Sénèque, et ce même Burrhus,
> « Qui depuis... Rome alors estimait leurs vertus.

Et dans Phèdre :

> « Prenez garde, seigneur, vos invincibles mains
> « Ont de monstres sans nombre affranchi les humains ;
> « Mais tout n'est pas détruit, et vous en laissez vivre
> « Un... votre fils, seigneur, me défend de poursuivre :
> « Instruite du respect qu'il veut vous conserver,
> « Je l'affligerais trop, si j'osais achever.

5

Correction.

Par la correction l'orateur revient sur une expression, sur une pensée qu'il semble désavouer; mais effectivement, pour lui en substituer une plus forte ou plus convenable à son sujet. Bossuet et Fléchier en fournissent de beaux exemples; le premier dans l'oraison funèbre de Madame :

« Non, après ce que nous venons de voir, la santé n'est
« qu'un nom, la vie n'est qu'un songe, la gloire n'est qu'une
« apparence, les forces ne sont qu'un dangereux amuse-
« ment : tout est vain en nous, excepté le sincère aveu que
« nous faisons devant Dieu de nos vanités, et le jugement ar-
« rêté qui nous fait mépriser tout ce que nous sommes.

« Mais dis-je la vérité? L'homme que Dieu a fait à son
« image n'est-il qu'une ombre? Ce que Jésus-Christ est venu
« chercher du ciel en la terre, ce qu'il a cru pouvoir, sans
« s'avilir, acheter de tout son sang, n'est-ce qu'un rien ?
« Reconnaissons notre erreur. Sans doute ce triste spectacle
« des vanités humaines nous imposait; et l'espérance pu-
« blique, frustrée tout à coup par la mort de cette princesse,
« nous poussait trop loin. Il ne faut pas permettre à l'homme
« de se mépriser tout entier, de peur que croyant avec les
« impies que notre vie est un jeu où règne le hasard, il ne
« marche sans règle et sans conduite au gré de son aveugle
« désir, etc. »

Fléchier, après avoir loué la naissance de M. de Turenne, rétracte cet éloge par la correction :

« Si sa vie avait moins d'éclat, je m'arrêterais sur la gran-
« deur et la noblesse de sa maison; et si son portrait était
« moins beau, je produirais ici ceux de ses ancêtres. Mais la
« gloire de ses victoires efface celle de sa naissance, et la moin-
« dre louange qu'on peut lui donner, c'est d'être sorti de l'an-
« cienne et illustre maison de la Tour-d'Auvergne, qui a mêlé
« son sang à celui des rois et des empereurs, qui a donné des
« maîtres à l'Aquitaine, des princesses à toutes les cours de
« l'Europe, et des reines même à la France.

« Mais que dis-je? il ne faut pas l'en louer ici, il faut l'en
« plaindre. Quelque glorieuse que fût la source dont il sortait,
« l'hérésie des derniers temps l'avait infectée. Il recevait avec
« ce beau sang des principes d'erreur et de mensonge, etc. »

Communication.

La communication, souvent accompagnée de l'hypothèse
ou supposition, est une tournure adroite par laquelle, sous
l'air de la confiance, on place l'auditeur ou le juge dans la
nécessité de convenir qu'il penserait ou agirait de telle manière. Cicéron réunit ces deux figures, et force ses juges
à avouer que Milon est le sauveur de la république :

« Et puisqu'il s'agit de la mort de Clodius, imaginez, ci-
« toyens, car nos pensées sont libres, et notre âme peut se
« rendre de simples fictions aussi sensibles que les objets qui
« frappent nos yeux; imaginez, dis-je, qu'il soit en nos pou-
« voirs de faire absoudre Milon, sous la condition que Clo-
« dius revivra..... Eh quoi! vous pâlissez! quelles seraient

5.

« donc vos terreurs, s'il était vivant, puisque, tout mort qu'il
« est, la seule pensée qu'il puisse revivre vous pénètre d'ef-
« froi ! »

Dans Athalie, Joad pressé par Abner l'embarrasse à son
tour par la communication :

> « Mais siérait-il, Abner, à des cœurs généreux
> « De livrer au supplice un enfant malheureux,
> « Un enfant que Dieu même à ma garde confie,
> « Et de nous racheter aux dépens de sa vie ?

Ironie et Sarcasme.

Il y a des plaisanteries fines et délicates, des mots heureux, des tours piquants qui ont précisément le sel qu'il
faut pour égayer un sujet. Mais quelquefois, surtout dans le
genre judiciaire, il y a dans les personnes ou dans les choses
un côté ridicule qu'il importe de saisir. C'est ce que fait
l'ironie, qui doit prendre autant de nuances diverses qu'il y
a de différences de temps, de lieux, de personnes. La satire
est pleine d'ironies plus ou moins fines ou mordantes. On
cite la rétractation ironique de Boileau :

> « Je le déclare donc : Quinault est un Virgile.

Cicéron excelle dans l'ironie ; la Milonienne en offre deux
remarquables ; la première :

> « Mais quelle absurdité à moi d'oser comparer les Drusus,
> « les Scipion, les Pompée, de me comparer moi-même à Clo-
> « dius ? Ces attentats étaient tolérables : Clodius est le seul
> « dont la mort ne puisse être supportée. Le sénat gémit ; les

« chevaliers se lamentent; Rome entière est en pleurs; les
« villes municipales se désolent; les colonies sont au désespoir;
« en un mot, les campagnes elles-mêmes déplorent la perte
« d'un citoyen si bienfaisant, si utile, si débonnaire; etc. »

La seconde est un sarcasme amer, une apostrophe violente à Sextus Clodius :

« Eh quoi! juges, êtes-vous les seuls à ignorer ce qui se
« passe? êtes-vous étrangers dans Rome? vos oreilles n'ont-
« elles pas été frappées des bruits qui circulent? n'êtes-vous
« pas instruits de quelles lois, si l'on peut nommer ainsi des
« édits funestes et destructeurs de la république, de quelles
« lois, dis-je, il devait nous accabler et nous flétrir? De grâce,
« Sextus Clodius, montrez ce code, votre commun ouvrage,
« que vous avez, dit-on, emporté de la maison de Publius
« Clodius, et sauvé, comme un autre palladium, du milieu des
« flammes et du tumulte, afin de remettre en d'autres mains ce
« recueil précieux, ces mémoires à l'usage du tribunat, s'il se
« trouvait quelqu'un qui voulût exercer la charge de tribun à
« votre gré. Mais Sextus vient de me lancer un de ces regards
« qu'il lançait à tous lorsqu'il menaçait de tout détruire.
« Certes, mes yeux sont éblouis par cette lumière du sénat. »

Hyperbole.

L'hyperbole dans les pensées et les mots qu'elle emploie
s'éloigne de la vérité, soit en augmentant, soit en diminuant
l'objet, mais il est des bornes au delà desquelles il ne faut
pas la pousser.

Fléchier s'est servi de cette figure, lorsqu'il a dit comme un poëte : « Des ruisseaux de larmes coulèrent des yeux de tous les habitants. »

Virgile dépeint ainsi la légèreté à la course de l'amazone Camille :

« La jeune vierge s'est exercée à supporter les rudes tra-
« vaux de la guerre, et à devancer à la course les vents :
« elle eût volé sur les moissons dorées sans courber les épis
« sous ses pas, ou, suspendue sur la cime des vagues, elle
« eût rasé les mers sans mouiller ses pieds rapides. »

Quelques-uns regardent comme figure la périphrase ou circonlocution : elle consiste à substituer des tours et des expressions plus douces ou plus nobles à celles qui au- raient quelque chose ou de trop dur ou de trop commun :

« Une partie des esclaves fut massacrée ; les autres, voyant
« que l'on combattait autour de la voiture et qu'on les empê-
« chait de secourir leur maître, entendant Clodius lui-même
« s'écrier que Milon était tué, *firent alors*, je le dirai, non
« pour éluder l'accusation, mais pour énoncer le fait tel qu'il
« s'est passé, sans que leur maître le commandât, sans qu'il
« le sût, sans qu'il le vît, *ce que chacun aurait voulu que*
« *ses esclaves fissent en pareille circonstance.* »

Descriptions et Portraits.

Le poëte dans ses descriptions peut étaler toutes les ri- chesses d'une imagination féconde ; l'orateur dans ses ta- bleaux doit se tenir plus près de la vérité, mais il a besoin de les varier, de les embellir, de les animer. Il peut avoir à décrire les lieux, les caractères, les mœurs, les habitudes extérieures et les traits du visage, les faits et leurs circonstances. De là plusieurs tours et figures, tels que la topographie (1), la prosopographie (2), l'éthopée (3), le parallèle, le contraste, la similitude ou comparaison, enfin l'*hypotypose* qui raconte un fait particulier, mais si vivement qu'on croirait l'avoir sous les yeux. Ces mots portent avec eux leur définition, et les exemples s'offrent d'eux-mêmes, tant en vers qu'en prose.

Dans le genre démonstratif, on décrit quelquefois les lieux pour relever la gloire d'un héros par les difficultés et les obstacles qu'il avait à vaincre. Bossuet, dans l'oraison funèbre du grand Condé, emploie la topographie accompagnée de l'hypotypose :

« Arrêtez ici vos regards. Il se prépare contre le prince
« quelque chose de plus formidable qu'à Rocroy; et pour
« éprouver sa vertu, la guerre va épuiser toutes ses inventions
« et tous ses efforts. Quel objet se présente à mes yeux ! Ce
« n'est pas seulement des hommes à combattre, c'est des mon-
« tagnes inaccessibles; c'est des ravins et des précipices, d'un
« côté; c'est, de l'autre, un bois impénétrable, dont le fond
« est un marais, et derrière, des ruisseaux, de prodigieux re-
« tranchements; c'est partout des forts élevés, et des forêts

---

(1) Description *des lieux.*
(2) Description des *traits extérieurs* d'une personne.
(3) Représentation *des mœurs.*

« abattues qui traversent des chemins affreux, et au dedans,
« c'est Merci avec ses braves Bavarois, enflés de tant de succès
« et de la prise de Fribourg ; Merci qu'on ne vit jamais reculer
« dans les combats ; Merci que le prince de Condé et le vigilant
« Turenne n'ont jamais surpris dans un mouvement irrégu-
« lier, etc. »

Boileau a traité cette figure d'une manière gracieuse et
plaisante dans le Lutrin :

> « Dans le réduit obscur d'une alcóve enfoncée,
> « S'élève un lit de plume à grands frais amassée,
> « Quatre rideaux pompeux, par un double contour,
> « En défendent l'entrée à la clarté du jour.
> « Là, parmi les douceurs d'un tranquille silence,
> « Règne sur le duvet une heureuse indolence.

Cicéron, *de Suppliciis*, peint en traits forts et rapides la
fureur de Verrès : « *Ipse inflammatus scelere et furore, in*
« *forum venit. Ardebant oculi*, etc. »

« Aussitôt il se transporte au forum, ne respirant que le
« crime et la fureur. Ses yeux étincelaient ; la cruauté était
« empreinte sur tout son visage. Chacun attendait à quel excès
« il se porterait et ce qu'il oserait faire, lorsque tout à coup il
« ordonne qu'on amène Gavius, qu'on le dépouille, qu'on
« l'attache au poteau, et qu'on apprête les verges. Ce malheu-
« reux s'écriait qu'il était citoyen romain, habitant de la
« ville de Cosa ; qu'il avait servi avec L. Prétius, etc. Le pré-
« teur se dit bien informé que Gavius est un espion envoyé
« par les chefs des révoltés. Cette imposture était dénuée de
« fondement, d'apparence et de prétexte. Ensuite, il com-

« mande qu'il soit saisi et frappé par tous les licteurs à la fois.

« Dans la place publique de Messine, on battait de verges
« un citoyen romain, et au milieu des coups qui l'accablaient,
« on n'entendait d'autre gémissement que ces mots : *Je suis*
« *citoyen romain*. Il pensait que cette réclamation seule
« éloignerait de lui les fouets et les tortures ; mais loin d'ob-
« tenir sa délivrance et de l'affranchir du supplice, lors
« même qu'il répétait sans cesse et faisait tristement reten-
« tir le nom de *Citoyen romain*, une croix infâme était
« dressée pour ce malheureux, qui n'avait jamais vu une
« puissance si tyrannique.

« O doux nom de liberté ! ô droits augustes attachés au
« titre de citoyen ! loi Porcia ! loi Sempronia ! puissance tri-
« bunitienne si amèrement regrettée, et enfin rendue aux
« vœux du peuple ! est-ce là votre pouvoir, et a-t-il été ré-
« tabli, pour qu'un citoyen romain, dans une ville de l'em-
« pire, dans une ville alliée, par le magistrat même qui ne
« tenait que du peuple romain les haches et les faisceaux, fût
« attaché à un poteau dans une place publique, et indigne-
« ment battu de verges ? Quoi donc, Verrès ! si lorsqu'on
« appliquait sur ses membres des feux, des lames ardentes,
« et les autres instruments du supplice, tu n'étais point
« touché de ses plaintes et de ses cris lamentables, com-
« ment pouvais-tu être insensible aux pleurs et aux gémis-
« sements des citoyens romains présents à cet affreux
« spectacle ? tu as osé, Verrès, tu as osé mettre en croix
« quelqu'un qui se disait citoyen romain ! »

Pour exemple d'éthopée, on cite celle de l'artificieux Crom-
wel, par Bossuet :

« Un homme s'est rencontré d'une profondeur d'esprit in-
« croyable, hypocrite raffiné autant qu'habile politique, capa-
« ble de tout entreprendre et de tout cacher, également actif
« et infatigable dans la paix et dans la guerre, qui ne laissait
« rien à la fortune de ce qu'il pouvait lui ôter par conseil et
« par prévoyance; mais au reste si vigilant et si prêt à tout,
« qu'il n'a jamais manqué les occasions qu'elle lui a présentées;
« enfin un de ces esprits remuants et audacieux qui semblent
« être nés pour changer le monde. Que le sort de tels esprits
« est hasardeux, et qu'il en paraît dans l'histoire à qui leur
« audace a été funeste! Mais aussi que ne font-ils pas, quand
« il plaît à Dieu de s'en servir! Il fut donné à celui-ci de trom-
« per les peuples, et de prévaloir contre les rois. Car, comme
« il eût aperçu que dans ce mélange infini de sectes, qui n'a-
« vaient plus de règles certaines, le plaisir de dogmatiser sans
« être repris ni contraint par aucune autorité ecclésiastique
« ni séculière était le charme qui possédait les esprits, il sut si
« bien se les concilier par là, qu'il fit un corps redoutable de
« cet assemblage monstrueux. Quand une fois on a trouvé le
« moyen de prendre la multitude par l'appât de la liberté,
« elle suit en aveugle, pourvu qu'elle en entende seulement
« le nom. Ceux-ci, occupés du premier objet qui les avait
« transportés, allaient toujours sans regarder qu'ils allaient
« à la servitude; et leur subtil conducteur, qui, en com-
« battant, en dogmatisant, en mêlant mille personnages di-

« vers, en faisant le docteur et le prophète, aussi bien que
« le soldat et le capitaine, vit qu'il avait tellement enchanté
« tout le monde, qu'il était regardé de toute l'armée comme
« un chef envoyé de Dieu pour la protection de l'indépen-
« dance, commença à s'apercevoir qu'il pouvait encore les
« pousser plus loin. Je ne vous raconterai pas la suite trop
« fortunée de ses entreprises, et de ses fameuses victoires
« dont la vertu était indignée, ni cette longue tranquillité qui
« a étonné l'univers. C'était le conseil de Dieu d'instruire les
« rois à ne point quitter son église, etc. »

Mathan, dans Athalie, peint sa criminelle ambition :

« Ami, peux-tu penser que d'un zèle frivole,
« Je me laisse aveugler pour une vaine idole,
« Pour un fragile bois, que malgré mon secours
« Les vers sur son autel consument tous les jours ?
« Né ministre du dieu qu'en ce temple on adore,
« Peut-être que Mathan le servirait encore,
« Si l'amour des grandeurs, la soif de commander,
« Avec son joug étroit pouvait s'accommoder.
« Qu'est-il besoin, Nabal, qu'à tes yeux je rappelle
« De Joad et de moi la fameuse querelle,
« Quand j'osai contre lui disputer l'encensoir ;
« Mes brigues, mes combats, mes pleurs, mon désespoir ?
« Vaincu par lui, j'entrai dans une autre carrière,
« Et mon âme à la cour s'attacha tout entière.
« J'approchai par degrés de l'oreille des rois ;
« Et bientôt en oracle on érigea ma voix.
« J'étudiai leur cœur, je flattai leurs caprices,
« Je leur semai de fleurs le bord des précipices :
« Près de leurs passions rien ne me fut sacré ;
« De mesure et de poids je changeais à leur gré.
« Autant que de Joad l'inflexible rudesse

« De leur superbe oreille offensait la mollesse,

« Autant je les charmais par ma dextérité,

« Dérobant à leurs yeux la triste vérité;

« Prêtant à leur fureur des couleurs favorables,

« Et prodigue surtout du sang des misérables.

« Enfin, au dieu nouveau qu'elle avait introduit,

« Par les mains d'Athalie un temple fut construit.

« Jérusalem pleura de se voir profanée;

« Des enfants de Lévi la troupe consternée

« En poussa vers le ciel des hurlements affreux.

« Moi seul, donnant l'exemple aux timides Hébreux,

« Déserteur de leur loi, j'approuvai l'entreprise,

« Et par là de Baal méritai la prêtrise;

« Par là je me rendis terrible à mon rival;

« Je ceignis la tiare, et marchai son égal. »

En prose la description du cheval, par Buffon, doit surtout être remarquée :

« La plus noble conquête que l'homme ait jamais faite,
« est celle de ce fier et fougueux animal qui partage avec
« lui les fatigues de la guerre et la gloire des combats :
« aussi intrépide que son maître, le cheval voit le péril et
« l'affronte ; il se fait au bruit des armes, il l'aime, il le
« cherche, et s'anime de la même ardeur ; il partage aussi
« ses plaisirs; à la chasse, aux tournois, à la course, il
« brille, il étincelle; mais docile autant que courageux, il
« ne se laisse point emporter à son feu, il sait réprimer ses
« mouvements; non-seulement il fléchit sous la main de ce-
« lui qui le guide, mais il semble consulter ses désirs, et
« obéissant toujours aux impressions qu'il en reçoit, il se
« précipite, se modère ou s'arrête, et n'agit que pour y sa-
« tisfaire. C'est une créature qui renonce à son être pour

« n'exister que par la volonté d'un autre, qui sait même la
« prévenir, qui, par la promptitude et la précision de ses
« mouvements, l'exprime et l'exécute ; qui sent autant qu'on
« le désire, et ne rend qu'autant qu'on veut ; qui se livrant
« sans réserve, ne se refuse à rien ; sert de toutes ses forces,
« s'excède, et même meurt pour mieux obéir. »

Le parallèle rapproche les actions, les personnes, les vertus et les vices ; compare, pèse et juge s'il y a égalité ou
supériorité. Voltaire, dans la Henriade, tient la balance
égale entre Richelieu et Mazarin :

> Henri, dans ce moment, voit sur des fleurs de lis
> Deux mortels orgueilleux auprès du trône assis :
> Ils tiennent sous leurs pieds tout un peuple à la chaîne ;
> Tous deux sont revêtus de la pourpre romaine ;
> Tous deux sont entourés de gardes, de soldats :
> Il les prend pour des rois. « Vous ne vous trompez pas ;
> « Ils le sont, dit Louis, sans en avoir le titre ;
> « Du prince et de l'État l'un et l'autre est l'arbitre.
> « Richelieu, Mazarin, ministres immortels,
> « Jusqu'au trône élevés de l'ombre des autels,
> « Enfants de la Fortune et de la Politique,
> « Marcheront à grands pas au pouvoir despotique.
> « Richelieu, grand, sublime, implacable ennemi ;
> « Mazarin, souple, adroit, et dangereux ami :
> « L'un fuyant avec art, et cédant à l'orage,
> « L'autre, aux flots irrités opposant son courage ;
> « Des princes de mon sang ennemis déclarés ;
> « Tous deux haïs du peuple, et tous deux admirés ;
> « Enfin, par leurs efforts, ou par leur industrie,
> « Utiles à leurs rois, cruels à la patrie. »
> « O toi, moins puissant qu'eux, moins vaste en tes desseins,
> « Toi dans le second rang, le premier des humains,
> « Colbert, c'est sur tes pas que l'heureuse abondance,

« Fille de tes travaux , vient enrichir la France ;
« Bienfaiteur de ce peuple ardent à t'outrager ,
« En le rendant heureux , tu sauras t'en venger :
« Semblable à ce héros , confident de Dieu même,
« Qui nourrit les Hébreux pour prix de leur blasphême. »

Bossuet, dans l'oraison funèbre du prince de Condé,
met en parallèle son héros et Turenne, mais de manière
que, sans rien ôter à la gloire de l'un, il relève celle de
l'autre : « Ça été dans notre, etc. (1) »

L'*antithèse* ou le contraste oppose les mots aux mots, les
pensées aux pensées, les actions aux actions, pour les mieux
faire ressortir par l'opposition. Cette figure est brillante,
mais sujette à manquer de justesse. On reproche à Fléchier de l'avoir trop prodiguée, quoiqu'elle se présente toujours chez lui avec des grâces nouvelles.

La *similitude*, qu'on nomme aussi quelquefois comparaison, en diffère cependant en ce que la comparaison, en style
oratoire, est un véritable raisonnement, un lieu commun,
au lieu que la similitude, ou gracieuse ou noble, présente
à l'esprit une image au moyen de laquelle il connaît l'objet
dont on veut l'occuper. Les poëtes abondent en similitudes ;
en éloquence rien de plus noble que celle par laquelle
Bossuet compare la fermeté de la reine d'Angleterre aux colonnes qui soutiennent un temple ruineux ; le grand Condé
à un fleuve majestueux ; la bonté des princes à une fontaine
publique. Fléchier, dans l'oraison funèbre de Turenne, en a

---

(1) Voir page 71.

quelques-unes qui sont d'un grand effet. On appelle *hy-potypose* toute description vive et animée qui met en quelque sorte l'objet sous les yeux; en général toute poésie est pittoresque, et l'hypotypose en fait le fond; mais il faut surtout la voir dans les grands genres; dans Racine, le *songe d'Athalie* :

> C'était pendant l'horreur d'une profonde nuit,
> Ma mère Jézabel devant moi s'est montrée,
> Comme au jour de sa mort, pompeusement parée.
> Ses malheurs n'avaient point abattu sa fierté,
> Même elle avait encor cet éclat emprunté,
> Dont elle eut soin de peindre et d'orner son visage,
> Pour réparer des ans l'irréparable outrage.
> « Tremble, m'a-t-elle dit, fille digne de moi!
> « Le cruel Dieu des Juifs l'emporte aussi sur toi.
> « Je te plains de tomber dans ses mains redoutables,
> « Ma fille. » En achevant ces mots épouvantables,
> Son ombre vers mon lit a paru se baisser,
> Et moi, je lui tendis les mains pour l'embrasser;
> Mais je n'ai plus trouvé qu'un horrible mélange
> D'os et de chair meurtris et traînés dans la fange,
> Des lambeaux pleins de sang, et des membres affreux,
> Que des chiens dévorants se disputaient entre eux.
> .... Dans ce désordre à mes yeux se présente
> Un jeune enfant couvert d'une robe éclatante,
> Tels qu'on voit des Hébreux les prêtres revêtus.
> Sa vue a ranimé mes esprits abattus;
> Mais lorsque, revenant de mon trouble funeste,
> J'admirais sa douceur, son air noble et modeste,
> J'ai senti tout à coup un homicide acier
> Que le traître en mon sein a plongé tout entier.
> De tant d'objets divers le bizarre assemblage,
> Peut-être du hasard vous paraît un ouvrage.
> Moi-même, quelque temps honteuse de ma peur,

Je l'ai pris pour l'effet d'une sombre vapeur :
Mais de ce souvenir mon âme possédée ,
A deux fois , en dormant , revu la même idée ;
Deux fois mes tristes yeux se sont vu retracer
Ce même enfant toujours tout prêt à me percer.
Lasse enfin des horreurs dont j'étais poursuivie ,
J'allais prier Baal de veiller sur ma vie,
Et chercher du repos au pied de ses autels.
Que ne peut la frayeur sur l'esprit des mortels!
Dans le temple des Juifs un instinct m'a poussée,
Et d'apaiser leur Dieu j'ai conçu la pensée;
J'ai cru que des présents calmeraient son courroux,
Que ce Dieu, quel qu'il soit, en deviendrait plus doux.
Pontife de Baal , excusez ma faiblesse.
J'entre : le peuple fuit, le sacrifice cesse.
Le grand prêtre vers moi s'élance avec fureur.
Pendant qu'il me parlait, ô surprise ! ô terreur !
J'ai vu ce même enfant dont je suis menacée,
Tel qu'un songe effrayant l'a peint à ma pensée.
Je l'ai vu ; son même air, son même habit de lin,
Sa démarche, ses yeux, et tous ses traits enfin;
C'est lui-même. Il marchait à côté du grand-prêtre ;
Mais bientôt à ma vue on l'a fait disparaître.

Et cet autre morceau :

Un immense bûcher, dressé pour leur supplice,
S'élève en échafaud , et chaque chevalier
Doit mériter l'honneur d'y monter le premier;
Mais le grand maître arrive; il monte, il les devance;
Son front est rayonnant de gloire et d'espérance;
Il lève vers les cieux un regard assuré :
Il prie , et l'on croit voir un mortel inspiré.
D'une voix formidable aussitôt il s'écrie :
« Nul de nous n'a trahi son Dieu ni sa patrie;
« Français, souvenez-vous de nos derniers accents :
« Nous sommes innocents, nous mourons innocents.
« L'arrêt qui nous condamne, est un arrêt injuste;

« Mais il est dans le ciel un tribunal auguste,
« Que le faible opprimé jamais n'implore en vain :
« Et j'ose t'y citer, ô pontife romain !
« Encor quarante jours !... je t'y vois comparaître. »
Chacun en frémissant écoutait le grand maître.
Mais quel étonnement, quel trouble, quel effroi !
Quand il dit : « O Philippe, ô mon maître, ô mon roi !
« Je te pardonne en vain, ta vie est condamnée ;
« Au tribunal de Dieu je t'attends dans l'année. »

      (*Au roi*)

Les nombreux spectateurs, émus et consternés,
Versent des pleurs sur vous, sur ces infortunés.
De tous côtés s'étend la terreur, le silence.
Il semble que du Ciel descende la vengeance.
Les bourreaux interdits n'osent plus approcher ;
Ils jettent en tremblant le feu sur le bûcher,
Ils détournent la tête... Une fumée épaisse
Entoure l'échafaud, roule et grossit sans cesse ;
Tout à coup le feu brille : à l'aspect du trépas,
Ces braves chevaliers ne se démentent pas :
On ne les voyait plus, mais leurs voix héroïques
Chantaient de l'Éternel les sublimes cantiques :
Plus la flamme montait, plus ce concert pieux
S'élevait avec elle, et montait vers les cieux.
Votre envoyé paraît, s'écrie... un peuple immense
Proclamant avec lui votre auguste clémence,
Auprès de l'échafaud soudain s'est élancé...
Mais il n'était plus temps... les chants avaient cessé.

                     RAYNOUARD. *Les Templiers.*

On trouve encore l'*hypotypose* dans les morceaux suivants :

      A peine nous sortions des portes de Trézène ;
Il (Hippolyte) était sur son char ; ses gardes affligés
Imitaient son silence, autour de lui rangés.
Il suivait tout pensif le chemin de Mycènes ;

                                6

Sa main sur ses chevaux laissait flotter les rênes.
Ses superbes coursiers, qu'on voyait autrefois,
Pleins d'une ardeur si noble, obéir à sa voix,
L'œil morne maintenant, et la tête baissée,
Semblaient se conformer à sa triste pensée.
Un effroyable cri, sorti du sein des flots,
Des airs en ce moment a troublé le repos;
Et du sein de la terre une voix formidable
Répond, en gémissant, à ce cri redoutable.
Jusqu'au fond de nos cœurs notre sang s'est glacé.
Des coursiers attentifs le crin s'est hérissé.
Cependant sur le dos de la plaine liquide
S'élève à gros bouillons une montagne humide,
L'onde approche, se brise et vomit à nos yeux,
Parmi des flots d'écume un monstre furieux.
Son front large est armé de cornes menaçantes,
Tout son corps est couvert d'écailles jaunissantes;
Indomptable taureau, dragon impétueux,
Sa croupe se recourbe en replis tortueux.
Ses longs mugissements font trembler le rivage,
Le ciel avec horreur voit ce monstre sauvage;
La terre s'en émeut, l'air en est infecté,
Le flot qui l'apporta recule épouvanté.
Tout fuit, et, sans s'armer d'un courage inutile,
Dans le temple voisin, chacun cherche un asile;
Hippolyte lui seul, digne fils d'un héros,
Arrête ses coursiers, saisit ses javelots,
Pousse au monstre, et d'un dard lancé d'une main sûre
Il lui fait dans le flanc une large blessure.
De rage et de douleur le monstre bondissant,
Vient aux pieds des chevaux tomber en mugissant,
Se roule, et leur présente une gueule enflammée
Qui les couvre de feu, de sang et de fumée.
La frayeur les emporte, et sourds à cette fois,
Ils ne connaissent plus ni le frein, ni la voix;
En efforts impuissants leur maître se consume,
Ils rougissent le mords d'une sanglante écume.

On dit qu'on a vu même en ce désordre affreux,
Un dieu qui d'aiguillons pressait leurs flancs poudreux.
A travers les rochers la peur les précipite ;
L'essieu crie et se rompt ; l'intrépide Hippolyte
Voit voler en éclats tout son char fracassé ;
Dans les rênes lui-même il tombe embarrassé.
Excusez ma douleur. Cette image cruelle
Sera pour moi de pleurs une source éternelle.
J'ai vu, seigneur, j'ai vu votre malheureux fils
Traîné par les chevaux que sa main a nourris.
Il veut les rappeler, et sa voix les effraie.
Ils courent. Tout son corps n'est bientôt qu'une plaie.
De nos cris douloureux la plaine retentit.
Leur fougue impétueuse enfin se ralentit :
Ils s'arrêtent non loin de ces tombeaux antiques,
Où des rois ses aïeux sont les froides reliques.
J'y cours en soupirant, et sa garde me suit ;
De son généreux sang la trace nous conduit ;
Les rochers en sont teints ; les ronces dégouttantes,
Portent de ses cheveux les dépouilles sanglantes.
J'arrive, je l'apelle ; et me tendant la main
Il ouvre un œil mourant qu'il referme soudain ;
« Le ciel, dit-il, m'arrache une innocente vie,
« Prends soin, après ma mort, de la triste Aricie...
« Cher ami, si mon père un jour désabusé
« Plaint le malheur d'un fils faussement accusé,
« Pour apaiser mon sang et mon ombre plaintive,
« Dis-lui qu'avec douceur il traite sa captive,
« Qu'il lui rende...... » A ce mot, ce héros expiré
N'a laissé dans mes bras qu'un corps défiguré ;
Triste objet où des dieux triomphe la colère,
Et que méconnaîtrait l'œil même de son père.

Racine. Phèdre.

COMBAT DE TURENNE ET DE D'AUMALE.

Paris, le roi, l'armée, et l'enfer, et les cieux,
Sur ce combat illustre avaient fixé les yeux.

6.

Bientôt les deux guerriers entrent dans la carrière.
Henri du champ d'honneur leur ouvre la barrière.
Leur bras n'est point chargé du poids d'un bouclier ;
Ils ne se cachent point sous ces bustes d'acier,
Des anciens chevaliers ornement honorable,
Éclatant à la vue, aux coups impénétrables.
Ils négligent tous deux cet appareil qui rend
Et le combat plus long et le danger moins grand.
Leur arme est une épée, et sans autre défense,
Exposé tout entier, l'un et l'autre s'avance :
« O Dieu ! cria Turenne, arbitre de mon roi,
« Descends, juge sa cause, et combats avec moi ;
« Le courage n'est rien sans ta main protectrice ;
« J'attends peu de moi-même, et tout de ta justice. »
D'Aumale répondit : « J'attends tout de mon bras ;
« C'est de nous que dépend le destin des combats ;
« En vain l'homme timide invoque un Dieu suprême,
« Tranquille au haut du ciel, il nous laisse à nous-même ;
« Le parti le plus juste est celui du vainqueur,
« Et le dieu de la guerre est la seule valeur. »
Il dit ; et d'un regard enflammé d'arrogance,
Il voit de son rival la modeste assurance.
Mais la trompette sonne. Ils s'élancent tous deux,
Et commencent enfin ce combat dangereux.
Tout ce qu'ont pu jamais la valeur et l'adresse,
L'ardeur, la fermeté, la force, la souplesse
Parut des deux côtés en ce choc éclatant.
Cent coups étaient portés et parés à l'instant.
Tantôt avec fureur l'un d'eux se précipite ;
L'autre, d'un pas léger, se détourne et l'évite :
Tantôt plus rapprochés, ils semblent se saisir ;
Leur péril renaissant donne un affreux plaisir ;
On se plaît à les voir s'observer et se craindre,
Avancer, s'arrêter, se mesurer, s'atteindre :
Le fer étincelant avec art détourné
Par de feints mouvements trompe l'œil étonné.
Telle on voit du soleil la lumière éclatante
Briser ses traits de feu dans l'onde transparente,

Et, se rompant encor par des chemins divers,
De ce cristal mouvant repasser dans les airs,
Le spectateur surpris, et ne pouvant le croire,
Voyait à tout moment leur chute et leur victoire.
D'Aumale est plus ardent, plus fort, plus furieux ;
Turenne est plus adroit, et moins impétueux ;
Maître de tous ses sens, animé sans colère,
Il fatigue à loisir son terrible adversaire.
D'Aumale en vains efforts épuise sa vigueur :
Bientôt son bras lassé ne sert plus sa valeur.
Turenne, qui l'observe, aperçoit sa faiblesse ;
Il se ranime alors, il le pousse, il le presse ;
Enfin, d'un coup mortel il lui perce le flanc ;
D'Aumale est renversé dans les flots de son sang.
* * * * * * * * * * * * * *.

D'Aumale sans vigueur, étendu sur le sable,
Menace encor Turenne, et le menace en vain ;
Sa redoutable épée s'échappe de sa main :
Il veut parler ; sa voix expire dans sa bouche.
L'horreur d'être vaincu rend son air plus farouche.
Il se lève, il retombe, il ouvre un œil mourant,
Il regarde Paris, et meurt en soupirant.

VOLTAIRE. Henriade.

BATAILLE DE ROCROI.

« L'armée ennemie est plus forte, il est vrai ; elle est
« composée de vieilles bandes valonnes, italiennes et espa-
« gnoles, qu'on n'avait pu rompre jusqu'alors. Mais pour
« combien fallait-il compter le courage qu'inspiraient à nos
« troupes le besoin pressant de l'État, les avantages passés
« et un jeune prince puissant qui portait la victoire dans
« ses yeux Don Franciscos de Mellos l'attend de pied ferme ;

« et, sans pouvoir reculer, les deux généraux et les deux
« armées semblent avoir voulu se renfermer dans des bois et
« dans des marais, pour décider leur querelle comme deux
« braves, en champ clos. Alors, que ne vit-on pas ? Le jeune
« prince parut un autre homme. Touché d'un si digne ob-
« jet, sa grande âme se déclara toute entière; son courage
« croissait avec les périls, et ses lumières avec son ardeur.
« A la nuit, qu'il fallut passer en présence des ennemis,
« comme un vigilant capitaine, il reposa le dernier; mais
« jamais il ne reposa plus paisiblement. A la veille d'un si
« grand jour, et dès la première bataille, il est tranquille,
« tant il se trouve dans son naturel : et on sait que le lende-
« main, à l'heure indiquée, il fallut réveiller d'un profond
« sommeil cet autre Alexandre. Le voyez-vous comme il
« vole ou à la victoire ou à la mort ? Aussitôt qu'il eut porté
« de rang en rang l'ardeur dont il était animé, on le vit
« presque en même temps pousser l'aile droite des ennemis,
« soutenir la nôtre ébranlée, rallier les Français à demi
« vaincus, mettre en fuite l'Espagnol victorieux, porter par-
« tout la terreur, et étonner de ses regards étincelants ceux
« qui échappaient à ses coups. Restait cette redoutable infan-
« terie de l'armée d'Espagne, dont les gros bataillons, sem-
« blables à autant de tours, mais à des tours qui sauraient
« réparer leurs brèches, demeuraient inébranlables au milieu
« de tout le reste en déroute, et lançaient des feux de toutes
« parts ! Trois fois le jeune vainqueur s'efforça de rompre
« ces intrépides combattants; trois fois il fut repoussé par

« le valeureux comte de Fontaines, qu'on voyait porté dans
« sa chaise, et, malgré ses infirmités, montrer qu'une âme
« guerrière est maîtresse du corps qu'elle anime. Mais enfin
« il faut céder. C'est en vain qu'à travers les bois, avec sa
« cavalerie toute fraîche, Bek précipite sa marche pour tom-
« ber sur nos soldats épuisés; le prince l'a prévenu; les
« bataillons enfoncés demandent quartier; mais la victoire
« va devenir plus terrible pour le duc d'Enghien que le
« combat. Pendant qu'avec un air assuré il s'avance pour
« recevoir la parole de ces braves gens, ceux-ci, toujours en
« garde, craignent la surprise de quelque nouvelle attaque;
« leur effroyable décharge met les nôtres en furie; on ne
« voit plus que carnage; le sang enivre le soldat, jusqu'à ce
« que le grand prince, qui ne peut voir égorger ces lions
« comme de timides brebis, calma les courages émus, et
« joignit au plaisir de vaincre celui de pardonner. Quel fût
« alors l'étonnement de ces vieilles troupes et de leurs braves
« officiers, lorsqu'ils virent qu'il n'y avait plus de salut pour
« eux qu'entre les bras du vainqueur! De quels yeux regar-
« dèrent-ils le jeune prince dont la victoire avait relevé la
« haute contenance, et à qui la clémence ajoutait de nouvelles
« grâces! Qu'il eût encore volontiers sauvé la vie au brave
« comte de Fontaines! Mais il se trouva par terre, parmi des
« milliers de morts dont l'Espagne sent encore la perte.
« Elle ne savait pas que le prince qui lui fit perdre tant de
« ses vieux régiments à la journée de Rocroi en devait ache-
« ver les restes dans les plaines de Lens. Ainsi la première

« victoire fut le gage de beaucoup d'autres. Le prince fléchit
« le genou, et, dans le champ de bataille, il rend au Dieu
« des armées la gloire qu'il lui envoyait. Là, on célébra Ro-
« croi délivré, les menaces d'un redoutable ennemi tournées
« à sa honte, la régence affermie, la France en repos, et un
« règne qui devait être si beau, commencé par un si heu-
« reux présage. L'armée commença l'action de grâces; toute
« la France suivit, on y élevait jusqu'au ciel le coup d'essai
« du duc d'Enghien; c'en serait assez pour illustrer une autre
« vie que la sienne; mais pour lui, c'est le premier pas de
« sa course. »

Les figures suivantes sont toutes de mouvement.

Apostrophe.

Il y a apostrophe lorsque l'orateur, détournant le discours de ceux auxquels il parle, l'adresse à d'autres même
absents, quelquefois aux morts ou aux êtres inanimés; elle
s'empare de l'attention, et dispose l'âme aux impressions
qu'on veut lui donner. Mais seule elle produirait peu d'effet;
elle n'est que le commencement d'un mouvement que d'autres figures doivent soutenir et augmenter. On en trouve
deux exemples dans le discours de Cicéron *pro Ligario;*
le premier à la fin de l'exorde, où l'orateur, qui parlait à
César, apostrophe Tubéron, accusateur : « *Habes igi-*
« *tur,* etc. »

« Ainsi, Tubéron, vous avez ce qui est le plus à désirer
« pour un accusateur, l'aveu de l'accusé. Mais qu'avoue-t-

« il? qu'il a suivi le parti que vous suiviez vous-même, et
« que votre respectable père avait embrassé comme vous.
« Il est donc nécessaire que l'un et l'autre, avant de rien
« reprocher à Ligarius, vous commenciez par vous recon-
« naître coupables du même crime que lui. »

Quintilien cite cette apostrophe comme une preuve que
dans l'exorde il est quelquefois utile, et par conséquent permis d'adresser la parole à d'autres qu'aux juges.

Le second exemple est plein de mouvement; l'apostrophe
est soutenue par l'interrogation et la répétition : « *Sed*
« *hoc quæro, quis putet,* etc.

« Mais, je le demande, qui donc fait un crime à Ligarius
« d'avoir été en Afrique? C'est un homme qui a voulu être
« en Afrique qui se plaint que Ligarius l'en a empêché, qui
« enfin a combattu contre César lui-même. En effet, Tubéron,
« que faisiez-vous, le fer à la main, dans les champs de Phar-
« sale? Quel sang vouliez-vous répandre? Dans quel flanc
« vos armes voulaient-elles se plonger? Contre qui s'empor-
« tait l'ardeur de votre courage? Vos mains, vos yeux, quel
« ennemi poursuivaient-ils? Que désiriez-vous? que souhai-
« tiez-vous?... Je suis trop pressant, ce jeune homme se
« trouble, etc. »

Fléchier a une apostrophe pleine de noblesse et de fierté
par laquelle il termine le tableau des exploits de Turenne
dans la guerre formée par la ligue de presque toute l'Europe :

« Villes que nos ennemis s'étaient déjà partagées, vous

« êtes encore dans l'enceinte de notre empire. Provinces
« qu'ils avaient déjà ravagées dans le désir et dans la pensée,
« vous avez encore recueilli vos moissons. Vous durez en-
« core, places que l'art et la nature ont fortifiées, et qu'ils
« avaient dessein de démolir, et vous n'avez tremblé que
« sous les projets frivoles d'un vainqueur en idée, qui comp-
« tait le nombre de nos soldats, et qui ne songeait pas à la
« sagesse de leur capitaine. »

Interrogation et Répétition.

L'interrogation, pour être une figure animée, a besoin
d'être soutenue par la répétition et l'apostrophe : la répétition
surtout accable l'adversaire, en frappant l'âme de coups pres-
sants et redoublés. Voyez quel effet elles produisent dès le
commencement de la première Catilinaire : « *Quousque*
« *tandem*, etc. »

« Jusques à quand, Catilina, abuseras-tu de notre patience?
« Jusques à quand serons-nous le jouet de ta fureur? Quand
« mettras-tu des bornes à ton audace effrénée? Quoi! ni la
« garde qu'on fait toutes les nuits sur le mont Palatin, ni
« les soldats distribués pour veiller partout à la sûreté de
« la ville, ni l'effroi répandu parmi le peuple, ni le visage
« et les regards irrités des sénateurs ne font aucune impres-
« sion sur toi! Tu ne sens pas, tu ne vois pas que tes des-
« seins sont découverts! qu'éclairée de toutes parts et connue
« de tous ceux qui sont ici, ta conjuration est arrêtée, en-
« chaînée! Ce que tu as fait la nuit dernière, ce que tu fis la

« nuit précédente, le lieu où tu t'es rendu, les hommes que
« tu as rassemblés, les projets que tu as formés; crois-tu
« qu'il y en ait parmi nous un seul qui n'en soit instruit?
« O temps! ô mœurs! Le sénat connaît tes complots, le
« consul les voit, et Catilina vit encore! Il vit! que dis-je?
« il vient au sénat, il assiste à nos délibérations, il désigne,
« il marque de l'œil ceux d'entre nous qu'il destine à la mort!
« Et nous, hommes courageux, nous croyons être quittes
« envers la république, si nous échappons aux fureurs de
« ce forcené, si nous évitons ses poignards! Il y a longtemps,
« Catilina, qu'un ordre du consul aurait dû t'envoyer à la
« mort et faire retomber sur toi les maux que tu nous pré-
« pares. »

Et dans Athalie :

> Où suis-je? de Baal ne vois-je pas le prêtre?
> Quoi! fille de David; vous parlez à ce traître!
> Vous souffrez qu'il vous parle? et vous ne craignez pas
> Que du fond de l'abîme entr'ouvert sous ses pas
> Il ne sorte à l'instant des feux qui vous embrasent,
> Ou qu'en tombant sur lui ces murs ne vous écrasent?
> Que veut-il? de quel front cet ennemi de Dieu
> Vient-il infecter l'air qu'on respire en ce lieu?

Gradation.

Cette figure est également propre à instruire, à plaire et
à toucher; aussi la retrouve-t-on à chaque instant chez les
poëtes et chez les orateurs; mais il faut surtout la remarquer
dans les morceaux pathétiques, et on voit qu'elle consiste à

disposer les pensées, les images, les mouvements, dans un ordre progressif et qui porte par degré l'âme au point d'attendrissement et de chaleur où l'on voulait la conduire. Bossuet rassemble autour du tombeau du grand Condé les peuples, les rois, les princes, les pontifes, les juges de la terre pour les convaincre du néant des grandeurs humaines. Puis il y admet les guerriers que ce héros avait conduits si souvent à la victoire. Viennent ensuite ceux que le prince avait honorés d'une confiance particulière. L'orateur enfin lui-même vient y rendre le dernier et le plus attendrissant hommage. Ici la gradation consiste dans la nuance des sentiments et non pas dans le rang et la condition des personnages.

« Venez, peuples, venez maintenant; mais venez plutôt,
« princes et seigneurs; et vous qui jugez la terre, et vous
« qui ouvrez aux hommes les portes du ciel; et vous, plus
« que tous les autres princes et princesses, nobles rejetons
« de tant de rois, lumières de la France, mais aujourd'hui
« obscurcies et couvertes de votre douleur comme d'un
« nuage; venez voir le peu qui nous reste d'une si auguste
« naissance, de tant de grandeur, de tant de gloire. Jetez les
« yeux de toutes parts: voilà tout ce qu'a pu faire la magni-
« ficence et la piété pour honorer un héros; des titres, des
« inscriptions, vaines marques de ce qui n'est plus; des fi-
« gures qui semblent pleurer autour d'un tombeau, et de fra-
« giles images d'une douleur que le temps emporte avec tout
« le reste; des colonnes qui semblent vouloir porter jusqu'au
« ciel le magnifique témoignage de notre néant, et rien en-

« fin ne manque dans tous ces honneurs, que celui à qui on
« les rend. Pleurez donc sur ces faibles restes de la vie hu-
« maine, pleurez sur cette triste immortalité que nous don-
« nons aux héros. Mais approchez en particulier, ô vous qui
« courez avec tant d'ardeur dans la carrière de la gloire,
« âmes guerrières et intrépides ! quel autre fut plus digne
« de vous commander ? Mais dans quel autre avez-vous
« trouvé le commandement plus honnête ? Pleurez donc ce
« grand capitaine, et dites en gémissant : Voilà celui qui
« nous menait dans les hasards ; sous lui se sont formés
« tant de renommés capitaines, que ses exemples ont élevés
« aux premiers honneurs de la guerre. Son ombre eût pu en-
« core gagner des batailles, et voilà que, dans son silence,
« son nom même nous anime, et ensemble nous avertit
« que, pour trouver à la mort quelque reste de nos travaux
« et n'arriver pas sans ressource à notre éternelle demeure,
« avec le roi de la terre il faut encore servir le roi du ciel.
« Servez donc ce roi immortel et plein de miséricorde, qui
« vous comptera un soupir et un verre d'eau donné en son
« nom, plus que tous les autres ne feront jamais de tout
« votre sang répandu, et commencez à compter le temps de
« vos utiles services du jour que vous vous serez donnés à
« un maître si bienfaisant. Et vous, ne viendrez-vous pas
« à ce triste monument, vous, dis-je, qu'il a bien voulu
« mettre au rang de ses amis ? Tous ensemble, en quelque
« degré de sa confiance qu'il vous ait reçus, environnez ce
« tombeau ; versez des larmes avec des prières ; et admirant

« dans un si grand prince une amitié si commode et un
« commerce si doux, conservez le souvenir d'un héros dont
« la bonté avait égalé le courage. Ainsi, puisse-t-il toujours
« vous être un cher entretien ! ainsi puissiez-vous profiter
« de ses vertus ! Et que sa mort, que vous déplorez, vous
« serve à la fois de consolation et d'exemple.

« Pour moi, s'il m'est permis, après tous les autres, de
« venir rendre les derniers devoirs à ce tombeau, ô prince,
« le digne sujet de nos louanges et de nos regrets ! vous vi-
« vrez éternellement dans ma mémoire : votre image y sera
« tracée, non point avec cette audace qui promettait la vic-
« toire ; non, je ne veux rien voir en vous de ce que la
« mort y efface. Vous aurez dans cette image des traits im-
« mortels ; je vous y verrai tel que vous étiez à ce dernier
« jour sous la main de Dieu, lorsque sa gloire sembla com-
« mencer à vous apparaître. C'est là que je vous verrai
« plus triomphant qu'à Fribourg et à Rocroi ; et ravi d'un
« si beau triomphe, je dirai en action de grâces ces belles
« paroles du bien-aimé disciple : *Et hæc est victoria quæ*
« *vincit mundum, fides nostra !* La véritable victoire, celle
« qui met à nos pieds le monde entier, c'est notre foi. Jouis-
« sez, prince, de cette victoire ; jouissez-en éternellement
« par l'immortelle vertu de ce sacrifice. Agréez ces derniers
« efforts d'une voix qui vous fut connue. Vous mettrez fin à
« tous ces discours. Au lieu de pleurer la mort des autres,
« grand prince, dorénavant je veux apprendre de vous à
« rendre la mienne sainte ; heureux si, averti par ces che-

« veux blancs du compte que je dois rendre de mon admi-
« nistration, je réserve au troupeau que je dois nourrir
« de la parole de vie, les restes d'une voix qui tombe, et
« d'une ardeur qui s'éteint ! »

Un autre morceau où la gradation est bien marquée, surtout bien appuyée par le nombre oratoire, c'est la mort de
Turenne :

« Il passe le Rhin et trompe la vigilance d'un général ha-
« bile et prévoyant. Il observe les mouvements des ennemis.
« Il relève le courage des alliés. Il ménage la foi suspecte et
« chancelante des voisins. Il ôte aux uns la volonté, aux au-
« tres les moyens de nuire ; et, profitant de toutes ces con-
« jonctures importantes qui préparent les grands et glorieux
« événements, il ne laisse rien à la fortune de ce que le
« conseil et la prudence humaine lui peuvent ôter. Déjà
« frémissait dans son camp l'ennemi confus et déconcerté.
« Déjà prenait l'essor, pour se sauver dans les montagnes,
« cet aigle dont le vol hardi avait d'abord effrayé nos pro-
« vinces. Ces foudres de bronze, que l'enfer a inventés pour
« la destruction de l'homme, tonnaient de tous côtés pour
« favoriser et pour précipiter cette retraite ; et la France en
« suspens attendait le succès d'une entreprise qui, selon
« toutes les règles de la guerre, était impossible, etc. »

Prosopopée.

C'est une figure grande et hardie qui ouvre les tombeaux,
invoque les âmes des grands hommes, prête la vie, le sen-

timent, la parole même aux êtres insensibles; elle est fréquente dans la haute poésie; dans la Pharsale de Lucain, la patrie en pleurs se présente à César prêt à franchir le Rubicon : « *Ubi ventum est parvi Rubiconis ad undas*, etc. » Dans la première Catilinaire, la patrie personnifiée adresse à Catilina les plus sanglants reproches. L'auteur du Discours sur les avantages des lettres et des arts prête à Fabricius un langage sublime et digne d'un Romain :

« O Fabricius! qu'eût pensé votre grande âme, si, pour
« votre malheur, rappelé à la vie, vous eussiez vu la face
« pompeuse de cette Rome sauvée par votre bras, et que
« votre nom respectable avait plus illustrée que toutes ses
« conquêtes? « Dieux! eussiez-vous dit, que sont devenus
« ces toits de chaume et ces foyers rustiques qu'habitaient
« jadis la modération et la vertu? Quelle splendeur funeste
« a succédé à la simplicité romaine! Quel est ce langage
« étranger? Quelles sont ces mœurs efféminées? Que signi-
« fient ces statues, ces tableaux, ces édifices? Insensés, qu'a-
« vez-vous fait? Vous, les maîtres des nations, vous vous
« êtes rendus les esclaves des hommes frivoles que vous avez
« vaincus. Ce sont des rhéteurs qui vous gouvernent; c'est
« pour enrichir des architectes, des peintres, des statuaires
« et des histrions, que vous avez arrosé de votre sang la
« Grèce et l'Asie. Les dépouilles de Carthage sont la proie
« d'un joueur de flûte. Romains, hâtez-vous de renverser
« ces amphithéâtres, brisez ces marbres, brûlez ces tableaux,
« chassez ces esclaves qui vous subjuguent, et dont les fu-

« nestes arts vous corrompent. Que d'autres mains s'illus-
« trent par de vains talents : le seul talent digne de Rome,
« est celui de conquérir le monde, et d'y faire régner la
« vertu. Quand Cynéas prit notre sénat pour une assemblée
« de rois, il ne fut ébloui, ni par une pompe vaine, ni par
« une élégance recherchée ; il n'y entendit point cette élo-
« quence frivole, l'étude et le charme des hommes futiles.
« Que vit donc Cynéas de majestueux ? O citoyens! il vit un
« spectacle que ne donneront jamais vos richesses, ni tous
« vos arts, le plus beau spectacle qui ait jamais paru sous le
« ciel, l'assemblée de deux cents hommes vertueux, dignes
« de commander à Rome et de gouverner la terre. »

J. J. ROUSSEAU.

Exclamation, Épiphonème.

L'exclamation est le langage naturel du sentiment, l'é-
ruption subite d'une passion, d'un mouvement que l'âme ne
peut plus contenir ; le plaisir, la joie, l'indignation, la douleur, la surprise, l'admiration l'emploient également.

Horace, apprenant la victoire de son fils qu'il avait cru
déshonoré par une fuite honteuse, s'écrie :

> O mon fils ; ô ma joie ! ô l'honneur de mes jours !
> D'un État périssant l'inespéré secours !

Bossuet, rempli d'admiration pour la constance inébran-
lable de la reine d'Angleterre, s'écrie :

7

« O mère! ô femme! ô reine admirable et digne d'une
« meilleure fortune, si les fortunes de la terre étaient quel-
« que chose! Enfin il faut céder à votre sort. Vous avez assez
« soutenu l'État, qui est attaqué par une force invincible et
« divine : il ne reste plus désormais, sinon que vous teniez
« ferme parmi ses ruines.

« Comme une colonne, dont la masse solide paraît le plus
« ferme appui d'un temple ruineux, lorsque le grand édifice
« qu'elle soutenait fond sur elle sans l'abattre : ainsi la reine
« se montre le ferme soutien de l'État, lorsqu'après en avoir
« longtemps porté le faix, elle n'est pas même courbée sous
« sa chute. »

Et dans l'oraison funèbre de MADAME :

« O nuit désastreuse! ô nuit effroyable, où retentit tout
« à coup comme un éclat de tonnerre cette étonnante nou-
« velle : MADAME se meurt, MADAME est morte! Qui de
« vous ne se sentit frappé à ce coup, comme si quelque tra-
« gique accident avait désolé sa famille ? etc. »

L'Epiphonême aussi est une exclamation, mais grave,
sentencieuse, qui imprime dans l'âme un sentiment profond;
elle est placée à la fin d'un morceau. Il faut remarquer l'é-
piphonême qui termine, dans Bossuet, le parallèle de Condé
et de Turenne. « Ç'a été dans notre siècle un grand spec-
« tacle de voir, dans le même temps et dans les mêmes cam-
« pagnes, ces deux hommes que la voix commune de toute
« l'Europe égalait aux plus grands capitaines des siècles
« passés ; tantôt à la tête de corps séparés ; tantôt unis, plus

« encore par le concours des mêmes pensées que par les
« ordres que l'inférieur recevait de l'autre; tantôt opposés
« front à front, et redoublant l'un dans l'autre l'activité et
« la vigilance; comme si Dieu, dont souvent, selon l'Écri-
« ture, la sagesse se joue dans l'univers, eût voulu nous les
« montrer en toutes les formes, et nous montrer ensemble
« tout ce qu'il peut faire des hommes. Que de campements,
« que de belles marches, que de hardiesses, que de précau-
« tions, que de périls, que de ressources ! Vit-on jamais en
« deux hommes les mêmes vertus, avec des caractères si
« divers, pour ne pas dire si contraires? L'un paraît agir
« par des réflexions profondes, et l'autre par de soudaines
« illuminations; celui-ci par conséquent plus vif, mais sans
« que son feu eût rien de précipité; celui-là d'un air plus
« froid, sans jamais avoir rien de lent, plus hardi à faire
« qu'à parler, résolu et déterminé au dedans, lors même
« qu'il paraissait embarrassé au dehors. L'un, dès qu'il pa-
« raît dans les armées, donne une haute idée de sa valeur, et
« fait attendre quelque chose d'extraordinaire; mais toutefois
« s'avance par ordre, et vient comme par degrés aux prodiges
« qui ont fini le cours de sa vie; l'autre, comme un homme
« inspiré, dès la première bataille s'égale aux maîtres les
« plus consommés. L'un, par de vifs et continuels efforts,
« emporte l'admiration du genre humain, et fait taire l'envie;
« l'autre jette d'abord une si vive lumière, qu'elle n'osait
» l'attaquer. L'un, enfin, par la profondeur de son génie et
« les incroyables ressources de son courage, s'élève au-dessus

7.

« des plus grands périls, et sait même profiter de toutes les
« infidélités de la fortune; l'autre, et par l'avantage d'une
« si haute naissance, et par ces grandes pensées que le ciel
« envoie, et par une espèce d'instinct admirable dont les
« hommes ne connaissent pas le secret, semble né pour en-
« traîner la fortune dans ses desseins, et forcer les destinées.
« Et afin que l'on vît toujours dans ces deux hommes de
« grands caractères, mais divers, l'un emporté d'un coup
« soudain, meurt pour son pays, comme un Judas le Macha-
« bée; l'armée le pleure comme un père, et la cour et tout
« le peuple gémit; sa piété est louée comme son courage, et
« sa mémoire ne se flétrit point par le temps; l'autre, élevé
« par les armes au comble de la gloire comme un David,
« comme lui meurt dans son lit en publiant les louanges de
« Dieu, en instruisant sa famille, et laisse tous les cœurs
« remplis tant de l'éclat de sa vie que de la douceur de sa
« mort. Quel spectacle de voir et d'étudier ces deux hommes,
« et d'apprendre de chacun d'eux toute l'estime que méritait
« l'autre! C'est ce qu'a vu notre siècle; et ce qui est encore
« plus grand, il a vu un roi se servir de ces deux grands chefs,
« et profiter du secours du ciel; et après qu'il en est privé par
« la mort de l'un et les maladies de l'autre, concevoir de plus
« grands desseins, exécuter de plus grandes choses, s'élever
« au-dessus de lui-même, surpasser et l'espérance des siens
« et l'attente de l'univers, tant est haut son courage, tant est
« vaste son intelligence, tant ses destinées sont glorieuses! »

Virgile a deux Exclamations remarquables au commence-

ment de l'Énéide : « *Tantæ molis erat, romanam condere gen-*
« *tem ! etc.; »* l'autre : « *Tantæne animis cœlestibus iræ !* etc. »

Dubitation.

Cette figure peint l'incertitude de l'esprit indécis entre plusieurs partis, ou les anxiétés de l'âme combattue par différentes passions. Elle paraît fréquemment dans les tragédies,
surtout dans les monologues. Dans Virgile, Didon, abandonnée
par Énée, ne sait à quoi se résoudre : « *En, quid agam?* etc. »

« Hélas ! que faire ? Irai-je recourir après un tel affront aux
« amants qui, les premiers, ont recherché ma main ? Irai-je,
« suppliante, implorer l'hyménée des rois nomades que j'ai
« tant de fois dédaignés pour époux? Ou bien, me faudra-t-
« il suivre les Troyens sur leurs vaisseaux, et me mettre,
« captive, à leur merci ? Sans doute j'ai à m'applaudir de les
« avoir secourus, et le souvenir de mes bienfaits a été long-
« temps conservé! Les suivre! Mais quand je pourrais le
« vouloir, qui me le permettrait? Qui voudrait recevoir dans
« son navire une femme odieuse à des ingrats? Malheu-
« reuse, etc. »

Fléchier, dans l'oraison funèbre de M. de Turenne, ne sait
à quelle cause attribuer la mort de son héros :

« Pourquoi, mon Dieu, si j'ose répandre mon âme en
« votre présence et parler à vous, moi qui ne suis que pous-
« sière et que cendre, pourquoi le perdons-nous dans la néces-
« sité la plus pressante, au milieu de ses plus grands exploits,
« au plus haut point de sa valeur, dans la maturité de sa

« sagesse ? Est-ce qu'après tant d'actions dignes de l'immorta-
« lité il n'avait plus rien de mortel à faire ! Le temps était-il
« arrivé où il devait recueillir le fruit de tant de vertus chré-
« tiennes, et recevoir de vous la couronne de justice que vous
« gardez à ceux qui ont fourni une glorieuse carrière ? Peut-
« être avions-nous mis en lui trop de confiance, et vous nous
« défendez dans vos Écritures de nous faire un bras de chair
« et de nous confier aux enfants des hommes. Peut-être est-ce
« une punition de notre orgueil, de notre ambition, de nos
« injustices. Comme il s'élève du fond des vallées des vapeurs
« grossières dont se forme la foudre qui tombe sur les mon-
« tagnes, il sort du cœur des peuples des iniquités dont vous
« déchargez les châtiments sur la tête de ceux qui les gouver-
« nent ou qui les défendent. Je ne viens pas, Seigneur, son-
« der les abîmes de vos jugements ni découvrir les ressorts
« secrets et invisibles qui font agir votre miséricorde ou votre
« justice; je ne veux et ne dois que les adorer. Mais vous
« êtes juste; vous nous affligez, et dans un siècle aussi cor-
« rompu que le nôtre, nous ne devons chercher ailleurs que
« dans le déréglement de nos mœurs toutes les causes de
« nos misères. »

Optation, Obsécration.

L'optation exprime des vœux ardents, des souhaits tendres et empressés d'une âme généreuse ou d'un cœur recon-
naissant. Cette figure manque rarement son effet, parce
qu'elle est d'un pathétique extrêmement doux et qui intéresse

la sensibilité. Cicéron, dans la péroraison de la Milonienne, met dans la bouche de son client des vœux d'un bon citoyen, d'une âme élevée et supérieure aux passions du vulgaire : « *Valeant*, *inquit*, *cives mei* (1), etc. » Tacite termine l'éloge d'Agricola par une optation attendrissante : « *Si quis pio-* « *rum manibus*, etc. (2) ».

L'obsécration intéresse le cœur, émeut la pitié, désarme la colère. Elle supplie, elle conjure, elle appelle à son secours les larmes, tous les objets précieux à la tendresse. La péroraison de la Milonienne est pleine des plus tendres obsécrations. Tout le discours de Pacuvius à Pérolla est une déprécation touchante (3)

Imprécation.

C'est le mouvement immodéré d'une âme troublée par l'indignation, la fureur, ou égarée par le désespoir ; elle suppose la passion exaltée au dernier point, elle doit donc être rare et surtout bien amenée par ce qui précède. En poésie, elle peut être plus forte ; en éloquence, elle doit être adoucie. On cite, dans Virgile, la fameuse imprécation de Didon :

« Soleil, qui éclaires tout de tes feux sur la terre ! Toi, « Junon, auteur et témoin de mes douleurs ! Hécate, pour « qui, dans chaque carrefour, les villes retentissent de noc- « turnes hurlements ! Et vous, Furies vengeresses ! Et vous, « Dieux d'Elise mourante ! Ecoutez ma voix : que vos châti-

(1) Voir page 40.
(2) Voir page 46.
(3) Voir page 44.

« ments mérités poursuivent les coupables! Exaucez ma der-
« nière prière! Et s'il faut que le perfide touche au port dé-
« siré et qu'il échappe à la fureur des ondes; si c'est la
« volonté de Jupiter et l'immuable arrêt du destin, que du
« moins, affaibli par les armes d'un peuple belliqueux, chassé
« des bras de son fils, il mendie le secours des peuples étran-
« gers! Qu'il voie les tristes funérailles de ses guerriers! Et
« qu'après avoir subi la loi d'une paix honteuse, il ne puisse
« retenir ni le sceptre ni la vie; mais qu'il meure avant le
« temps, et que son corps reste sur la terre, abandonné sans
« sépulture! Voilà mes derniers vœux! Voilà les dernières
« paroles qui s'échappent avec mon sang! Et vous, ô Tyriens,
« poursuivez d'une haine éternelle sa race et tous ses des-
« cendants! Tels sont les honneurs qu'attendra de vous mon
« ombre irritée. Jamais d'amitié! Jamais de paix entre les
« deux peuples! Sors de mes cendres, qui que tu sois, ven-
« geur de mon trépas! Suis ces enfants de Dardanus, la
« flamme et le fer à la main, dès ce jour, dans la suite des
« âges, en quelque temps que tu puisses les rencontrer et
« les combattre! Dieux! entendez mes imprécations; que
« toujours nos rivages soient opposés à leurs rivages, nos
« flots à leurs flots, nos armes à leurs armes, et que nos
« derniers neveux se déchirent encore! »

Dans Athalie, celle de cette mère barbare contre son fils:

Oui, ma juste fureur, et j'en fais vanité,
A vengé mes parents sur ma postérité.
J'aurais vu massacrer et mon père et mon frère,
Du haut de son palais précipiter ma mère,
Et dans un même jour égorger à la fois

(Quel spectacle d'horreur) quatre-vingts fils de rois,
Et pourquoi? pour venger je ne sais quels prophètes
Dont elle avait puni les fureurs indiscrètes;
Et moi, reine sans cœur, fille sans amitié,
Esclave d'une lâche et frivole pitié,
Je n'aurais pas du moins à cette aveugle rage
Rendu meurtre pour meurtre, outrage pour outrage,
Et de votre David traité tous les neveux
Comme on traitait d'Achab les restes malheureux !
Où serais-je aujourd'hui, si, domptant ma faiblesse,
Je n'eusse d'une mère étouffé la tendresse;
Si de mon propre sang ma main versant des flots
N'eût par ce coup hardi réprimé vos complots?
Enfin, de votre Dieu l'implacable vengeance
Entre nos deux maisons rompit toute alliance :
David m'est en horreur; et les fils de ce roi,
Quoique nés de mon sang, sont étrangers pour moi.

Dans *Andromaque*, Hermione, après avoir poussé Oreste
au meurtre de Pyrrhus, repousse la solidarité du crime. . .

.... Tais-toi, perfide,
Et n'impute qu'à toi ton lâche parricide,
Va faire chez tes Grecs admirer ta fureur,
Va : je la désavoue, et tu me fais horreur.
Barbare, qu'as-tu fait? avec quelle furie
As-tu tranché le cours d'une si belle vie?
Avez-vous pu, cruels, l'immoler aujourd'hui
Sans que tout votre sang se soulevât pour lui?
Mais parle; de son sort qui t'a rendu l'arbitre?
Pourquoi l'assassiner? Qu'a-t-il fait? A quel titre?
Qui te l'a dit?

ORESTE.

Oh Dieux! quoi! ne m'avez-vous pas
Vous-même, ici, tantôt, ordonné son trépas?

HERMIONE.

Ah ! fallait-il en croire une amante insensée?
Ne devais-tu pas lire au fond de ma pensée?

Et ne voyais-tu pas, dans mes emportements,
Que mon cœur démentait ma bouche à tous moments?
Quand je l'aurais voulu, fallait-il y souscrire?
N'as-tu pas dû cent fois te le faire redire?
Toi-même, avant le coup, me venir consulter?
Y revenir encore, ou plutôt m'éviter?
Que ne me laissais-tu le soin de ma vengeance?
Qui t'amène en des lieux où l'on fuit ta présence?
Voilà de ton amour le détestable fruit:
Tu m'apportais, cruel, le malheur qui te suit.
C'est toi dont l'ambassade, à tous les deux fatale,
L'a fait pour son malheur pencher vers ma rivale.
Nous le verrions encor nous partager ses soins;
Il m'aimerait peut-être; il le feindrait du moins.
Adieu. Tu peux partir, je demeure en Épire,
Je renonce à la Grèce, à Sparte, à son empire,
A toute ma famille, et c'est assez pour moi,
Traître, qu'elle ait produit un monstre tel que toi!

Nombre.

L'un des caractères essentiels à la poésie, c'est d'être toute pittoresque, harmonieuse, mesurée, et de parler presque autant à l'oreille qu'à l'esprit. L'éloquence aussi, qui a besoin de plaire pour arriver à son but, devra s'emparer de l'oreille, puisque ce sens est une des avenues par lesquelles on parvient à l'âme. Elle aura souvent des mots imitatifs, des phrases brillantes et cadencées, des nombres enfin qui, sans être déterminés comme les mesures de la poésie, seront cependant assez sensibles pour être remarqués.

L'effet de cette sorte d'ornements est incontestable; le charme qu'ils répandent sur le discours est tel, que l'orateur qui sait bien les employer, quoique médiocre d'ailleurs, balance souvent la réputation de ceux qui, doués des autres

qualités, ont trop négligé cette précieuse ressource. On s'é-
tonnera moins de cette prodigieuse influence de l'harmonie
et du nombre oratoire, si l'on veut faire attention qu'il y a
déjà dans le matériel même des mots et dans leur arrangement quelque chose qui est physiquement propre à exciter
l'attention et à produire le plaisir; et même, lorsqu'une fois
le goût est formé, ce besoin de satisfaire l'oreille devient si
impérieux, qu'on lui sacrifie quelquefois des beautés plus
réelles. Ce n'est certainement pas l'art qui a donné les premières leçons de l'harmonie et du nombre; c'est la nature
même qui en a inspiré aux hommes le sentiment et suggéré
l'emploi. Sans principe et sans règle, on choisit des mots
plus doux, des expressions plus gracieuses, lorsqu'on est
occupé d'images agréables ou affecté de passions plus tendres; la voix, le ton, les mots deviennent plus durs pour
les idées ou les affections opposées. Dans les mouvements
violents, le langage devient naturellement rapide, pressé,
sans liaison, et imite le tumulte de l'âme agitée. Dans des
situations plus tranquilles, le calme des passions permet aux
idées de se développer; elles se lient dans l'expression avec
autant de régularité qu'elles se succèdent dans l'esprit. Voilà
la marche de la nature; ici, comme dans les autres parties,
l'art n'a fait que l'observer et la copier; il a mis le nombre
et l'harmonie dans l'éloquence, comme il l'avait mis dans la
poésie, c'est-à-dire, parce qu'ils étaient dans le langage ordinaire et naturel; mais il a dû les déguiser davantage dans
l'éloquence, parce qu'ils n'y sont que comme moyens secondaires, tandis qu'ils font une partie essentielle de la poésie.

Quant à l'harmonie, on peut la considérer de trois manières : dans les mots séparés, et alors elle n'est que l'accord du mot avec l'idée ou l'objet qu'il peint par le son ; dans la réunion de plusieurs mots choisis et arrangés de manière à présenter une image ; c'est l'harmonie imitative ; enfin l'harmonie peut se prendre pour l'accord du style avec le sujet dans toute l'étendue d'un tableau, ou même d'un discours. Nous considérerons seulement ici cette espèce d'harmonie qu'on appelle nombre oratoire.

Le nombre en général se prend par les rhéteurs pour la distinction des intervalles égaux ou inégaux qui doivent séparer et marquer les différentes propositions liées entre elles pour former un sens complet, un ensemble, un tableau. Dans le discours, les idées étant liées par des rapports, il était nécessaire que les propositions fussent complexes, et par conséquent il fallait présenter à l'auditeur ces différentes parties avec des repos, des intervalles qui lui donnassent le moyen d'en saisir les rapports. D'un autre côté, la longueur de ces propositions ne permettait pas à l'orateur de les prononcer sans interruption. On sent tout de suite que le repos exigé par la respiration doit s'accorder avec celui qui est nécessaire à l'auditeur pour saisir le sens. Voilà le nombre qu'on peut appeler nécessaire et naturel ; on conçoit qu'il deviendra oratoire et une source de beautés, si l'orateur peut y trouver un moyen de donner à l'âme l'espèce de mouvement qui lui convient, de captiver l'oreille par des chutes qui la flattent, et de répandre sur le discours une variété qui pique et qui soutienne l'attention. De là trois points de vue sous lesquels il faut considérer le nombre comme mouvement, comme chute et comme liaison.

Mouvement.

L'effet du discours doit être de porter dans l'esprit la lumière et la conviction par les moyens qu'on appelle arguments ou preuves ; ou de séduire et de flatter l'imagination par des tableaux qui l'attachent ; ou d'élever l'âme par des idées grandes et nobles, ou enfin de l'émouvoir par des passions douces ou impétueuses. Pour tous ces effets il faut ce qu'on appelle *le mouvement*. Le mouvement, en art oratoire, est la marche, le progrès des idées, des images ou des passions, tantôt plus lents, tantôt plus rapides vers le but où tend le discours. Le mouvement avec ces variations et ces degrés est bien sensible dans les bons orateurs ; tout y est ménagé de manière que rien n'est jamais froid et languissant ; tout n'est pas, il est vrai, de la même rapidité, de la même force ; des tableaux plus simples ou plus riants succèdent à des images plus fortes, à des idées plus grandes ; l'âme, après une agitation violente, se repose dans des émotions d'un autre genre, l'intérêt soutient toujours l'attention, et l'orateur ne perd jamais de vue le but dont chaque pas le rapproche ; tel est le mouvement oratoire. Il est déjà sans doute dans le progrès des idées, dans la composition même, lorsque l'orateur trouve et dispose toutes les parties de son sujet. Mais ce n'est que par le nombre que ce progrès se marque distinctement et produit tout son effet. Chaque image a par elle-même ou de la vivacité, ou de la force, ou de l'élévation; mais ce n'est là qu'un trait rapide, et il ne frappe qu'un instant, au lieu que les pensées et les images enchaînées par le nombre se pressent, s'accumulent, et la dernière agit avec la force combinée des précédentes. Pour s'en convaincre, qu'on dépouille du nombre un morceau quelconque où il est bien observé, tel que celui de la mort de Turenne ou le supplice de Gavius, et on verra que la pensée, lorsque le développement n'en est pas gradué, marqué et soutenu par le nombre, perd beaucoup de sa force.

Chute ou Finale.

Dans les chutes ou finales, le nombre est tout à la fois et pour l'attention et pour l'oreille; c'est surtout dans ce qu'on appelle période qu'il faut le considérer. On nomme période la réunion de plusieurs propositions tellement liées, que le sens reste suspendu jusqu'à la dernière qui le complète. Il y a des périodes à deux, à trois et à quatre membres, et chaque membre a encore des incises; les périodes donnent au style beaucoup de noblesse. Les finales des membres doivent être tellement ménagées, que le progrès des sons suive celui des idées, mais sans affectation. Ceci d'ailleurs est plutôt un objet de goût que de règles précises. Au style périodique qui réunit et enchaîne les propositions, est opposé le style coupé qui les détache; il a plus de légèreté, une marche plus aisée et plus rapide; le style coupé a aussi ses nombres, ses finales, moins brillantes, il est vrai, mais cependant assez sensibles. Du mélange des deux résulte une agréable variété.

Liaison dans les Nombres.

Enfin, l'orateur qui voudra plaire par le style aura soin de mélanger les nombres, d'entremêler le style coupé et périodique, de ne pas s'élancer par des mouvements brusques et irréguliers, de ne pas retomber par des chutes précipitées; mais de s'élever peu à peu avec dignité, et de redescendre avec grâce; et pour cela le nombre est d'un grand secours, parce qu'il remplit les intervalles, qu'il adoucit les passages, parce qu'il ôte au discours cette sécheresse, cette roideur qui fatiguent et qui déplaisent, et que Cicéron a caractérisées en deux mots :

Abrupta et præcisa undique oratio.

Questions.

Quelle partie de la Rhétorique constitue, à proprement parler, l'éloquence ? — Quelle idée Cicéron et Quintilien nous donnent-ils de l'élocution ? — L'élocution a-t-elle et doit-elle avoir diverses nuances ? — Quel est l'homme éloquent, suivant Cicéron ? — Sous quel triple rapport peut-on considérer l'élocution ? — Qu'est-ce que le *style*, littéralement ? — Qu'est-ce que le *style* au figuré ? — Combien de sortes de style ? — Qu'entendez-vous par style *simple* ? — Par style *médiocre*, *tempéré* ou *fleuri* ? — Quand y a-t-il style *sublime* ou *pompeux* ? — En quoi consiste ce qu'on nomme *la convenance du style* ? — Quelles sont les qualités nécessaires à toute espèce de style ? — Que suppose la *clarté* ? — D'où résulte-t-elle ? — Quels sont les défauts opposés à la clarté du style ? — D'où résulte la *pureté* du style ? — Quels sont les inconvénients du *purisme* et du *néologisme* ? — En quelles circonstances y a-t-il lieu d'introduire dans la langue un mot nouveau ?

Quels sont les principaux caractères du style simple, suivant Cicéron ? — Le style simple admet-il la *plaisanterie* ? — Comment doit-elle être ?

Quelle est la place, la marche, l'allure du style *tempéré* ? — Quels sont ses nombres, ses dangers ?

En quel genre de style Cicéron fait-il consister l'éloquence ? — A quel caractère reconnaît-on le genre *élevé* ? — Donnez un exemple de style élevé, sublime ? — Quelques traits de sublime semés çà et là font-ils ce qu'on appelle le sublime ? — Quand la pensée est-elle sublime ? — Donnez un exemple de sublime d'images ? — De sublime de sentiment ? — Combien de sortes de pathétique ? — Donnez un exemple de pathétique tantôt tendre et tantôt véhément ? — Un exemple de pathétique doux ?

Qu'appelle-t-on *figures* au propre ? — Et dans le discours ? — Comment les figures se divisent-elles ? — Quand y a-t-il *trope* ? — Quels sont les principaux tropes ? — Donnez un exemple de *catachrèse*, de *métonymie*, de *synecdoque*, d'*antonomase*, de *métaphore* ? — Qu'est-ce que l'*allégorie* ? — Quelles sont les principales *figures de mots* ? — Donnez un exemple d'*ellipse* ? — De *pléonasme* ? — De *répétition* ? — De *conjonction* ? — De *disjonction* ?

Quelles sont les principales *figures de pensées* ? — Donnez deux exemples de *définition oratoire* ? — Comment procède l'*énumération* ? — La *prétérition* ? — Donnez-en des exemples ? — Citez un exemple d'*exposition* ? — Citez des exemples d'*anté-occupation* ? — De *concession* ? — En quoi consiste la *suspension* ? — Donnez des exemples ? — En quoi consiste la *réticence* ? — Citez des morceaux où elle se rencontre ? — Que fait l'orateur au moyen de la *correction* ? — Rapportez-en de beaux exemples ? — Qu'est-ce que la *communication* ? — Donnez un exemple où la *communication* se trouve réunie à l'*hypothèse* ou *supposition* ? — Donnez des exemples d'*ironie*, de *sarcasme* ? — Quelle est la figure appelée *hyperbole* ? — Donnez-en des exemples ? — Donnez un exemple de *périphrase* ou *circonlocution* ?

Citez des exemples d'*hypotypose* ? — Un exemple d'*éthopée* ? — Récitez les vers d'Athalie dans lesquels Mathan peint sa criminelle ambition ? — La *description* du cheval par Buffon ? — Le *parallèle* de Richelieu et de Mazarin ? — Celui du prince de Condé et de Turenne ? — Récitez le songe d'Athalie ? — La mort d'Hippolyte ? le combat de Turenne et de d'Auma e, dans la Henriade ? — Les batailles du prince de Condé dans Bossuet ?

Quand y a-t-il *apostrophe* ? — Donnez quelques exemples d'*apostrophe* ? — D'*interrogation* et de *répétition* ? — De *gradation* ? — Citez un modèle de *prosopopée* ? — En quoi consiste cette figure ? — Donnez des exemples de *dubitation* ? — D'*optation* ? — D'*obsécration* ? — D'*imprécation* ? — Qu'exprime l'*optation* ? — En quoi consiste l'*imprécation* ?

Qu'est-ce que le *nombre* en général ? — Sous quel point de vue peut-on considérer l'harmonie dans les productions oratoires ? — Qu'est-ce que le *mouvement* ? — Qu'entendez-vous par *période*, style **********? — Quel style est opposé au style périodique ? etc.

FIN.

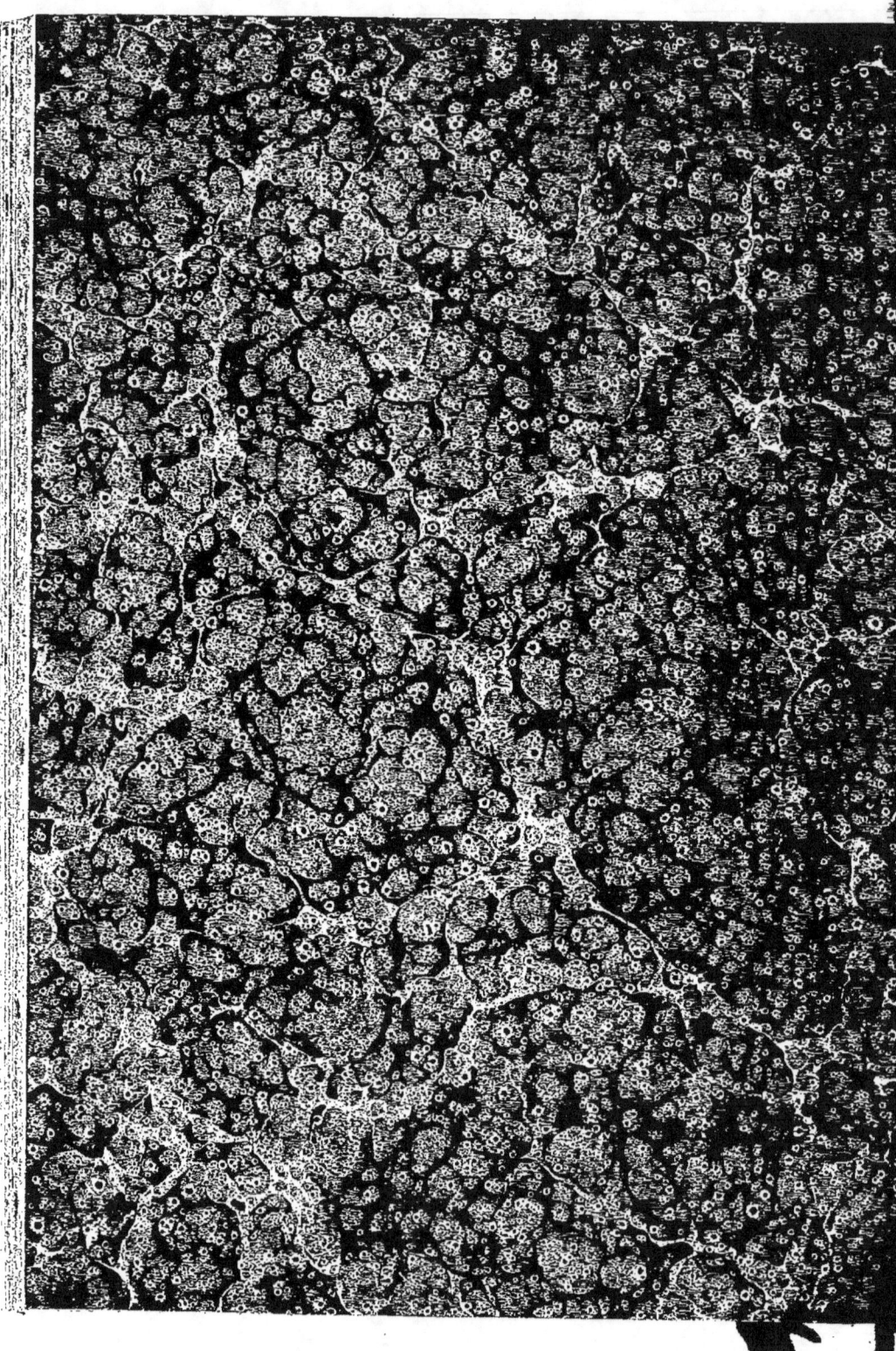

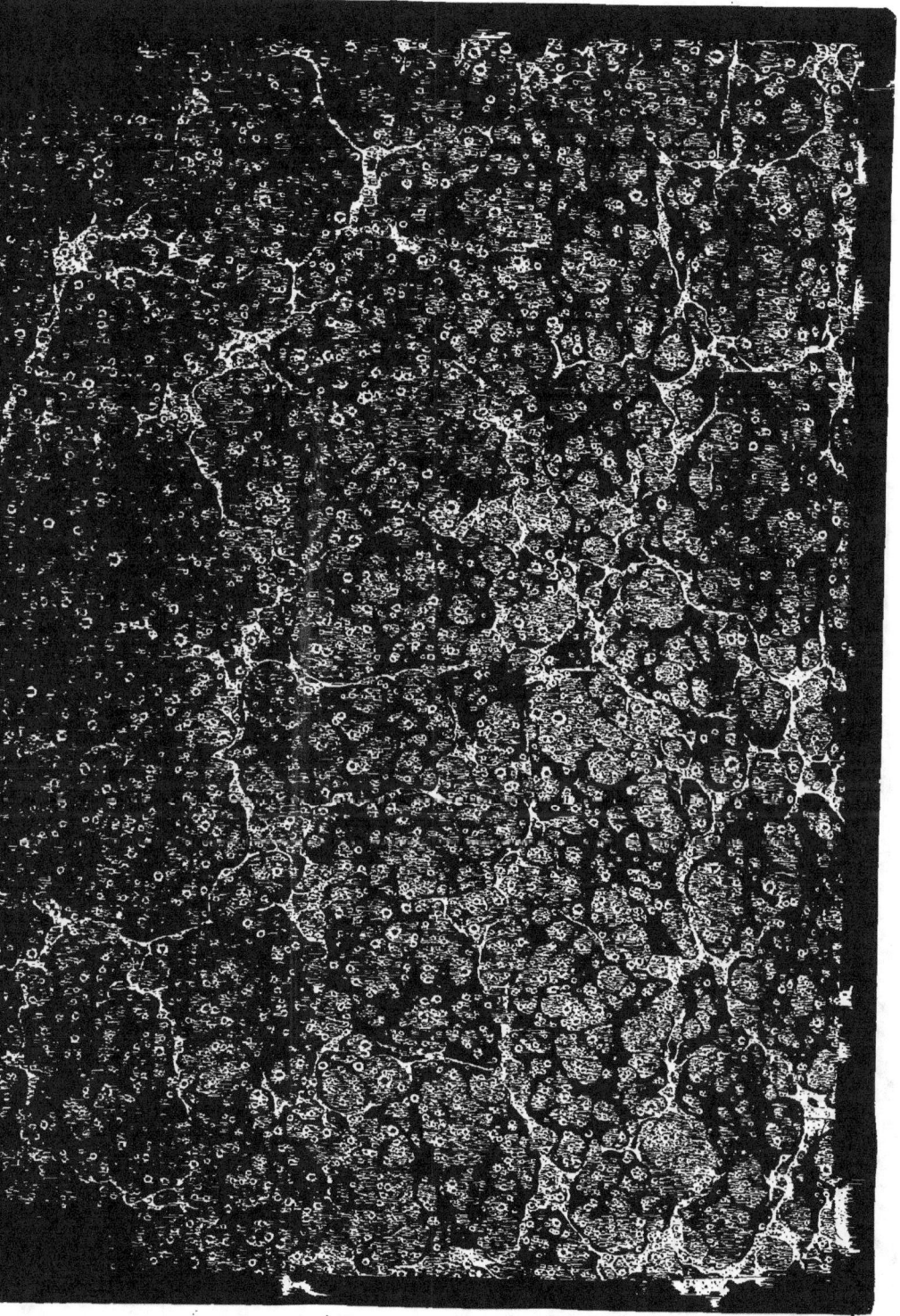

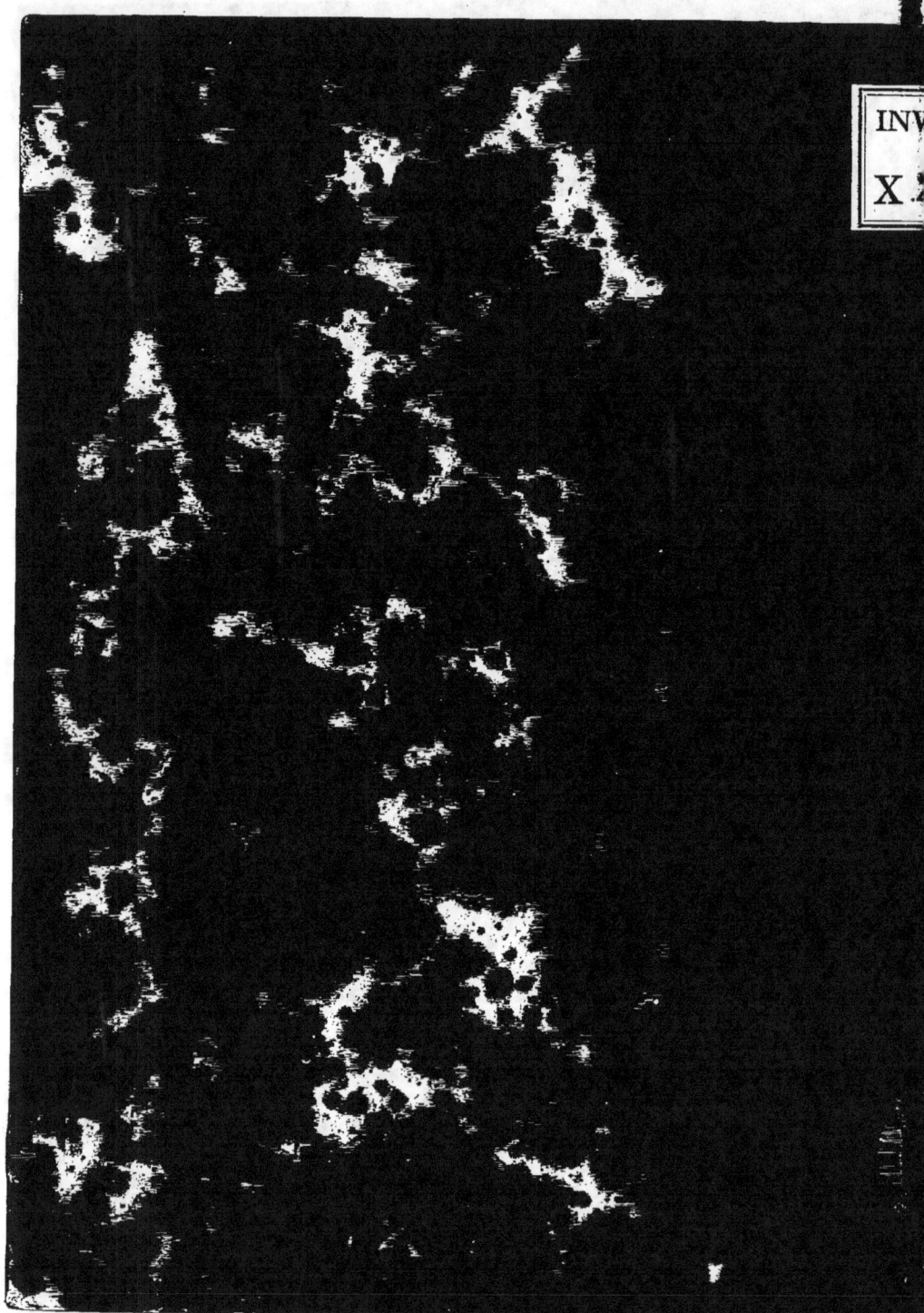